Los preparadores

Gonzalo Arranz Ayala

El guardián

Xabier Giménez Sasieta
Primer premio

Upsss

Javier Beotegui Zubizarreta
Segundo premio

Los preparadores

Silvia López Rodríguez
Tercer premio

Bizkaia
foru aldundia
diputación foral

© Gonzalo Arranz Ayala, 2024
© Francisco Javier Giménez Sasieta
© Francisco Javier Beotegui Zubizarreta
© Silvia López Rodríguez
© Diputación Foral de Bizkaia

Edición: Diputación Foral de Bizkaia
Departamento de Euskera, Cultura y Deporte

Primera edición: Noviembre 2024

Portada: Mikel Apodaka
Diseño: Álex Oviedo

ISBN: 978-84-7752-752-7
DL: BI 1482-2024

www.bizkaia.eus/argitalpenak

XVI PREMIO LITERARIO BIZKAIDATZ 2024 «ESTA HISTORIA LA ESCRIBES TÚ JARRAITZEKO PREST? ORAIN ZURE TXANDA DA»

En la decimosexta edición del Premio Literario BizkaIdatz, en su modalidad de relatos en castellano, con un Tribunal formado por Gonzalo Arranz Ayala, Begoña Elorrieta Puente y Elena Sierra Aguirre, decide premiar, como continuación del relato titulado "LOS PREPARADORES" del escritor Gonzalo Arranz Ayala, a las siguientes obras:

Primer premio,
a la obra "EL GUARDIÁN",
de FRANCISCO JAVIER GIMÉNEZ SASIETA.

Segundo premio,
a la obra "UPSSS",
de FRANCISCO JAVIER BEOTEGUI ZUBIZARRETA.

Tercer premio,
a la obra "LOS PREPARADORES",
de SILVIA LÓPEZ RODRÍGUEZ.

Y para ello firman en Bilbao, a 23 de octubre de 2024.

ÍNDICE

Los preparadores

Gonzalo Arranz Ayala

GONZALO ARRANZ AYALA (Bilbao, 1993. Trabaja en el mundo de la comunicación y colabora con diferentes medios y proyectos socioculturales. Escribió sus primeros relatos en un taller literario en Montevideo. Desde entonces, ha ido gestando un estilo propio: literatura de ritmo profundo y ágil, con elegidas referencias a la música y a la cultura popular.

Se despertaba cada mañana en lugares paradisíacos: en cabañas de madera apostadas junto a lagos serenos, en playas de arena virgen y orillas espumosas, en verdes praderas donde todavía se escuchan el canto de los gallos y el lenguaje secreto de los animales. Entonces, ¿por qué tenía la necesidad de regresar? Julen empezaba a pensar que le faltaba algo. Quizá ya había tenido suficiente aventura. Había cruzado el Hindu Kush, como Alejandro Magno; buceado en las aguas por las que navegó el pirata Sir Francis Drake; recorrido todos los lugares que visitó Heródoto. Puede que estuviera cansado de amistades de rostro cambiante, de tratar de encontrarse a sí mismo sin saber qué carajo significaba aquello, del bono eterno en el parque de atracciones del mundo. Viajar, para él, ya era fácil, lo dominaba, además, lo había hecho solo: sin brújula, bitácora, ni mapa; sin rumbo, sin destino. Se veía conquistador y descubridor, un portador de la verdad que se le había negado a la mayoría. Sí, ya era hora de volver a casa y contarlo.

Los primeros días de su retorno a la ciudad fueron dulces. Apareció bronceado, ataviado con ropas y joyería exóticas, incluso se permitió no afeitarse la larga barba que le había acompañado en sus correrías. Si alguien no había tenido constancia de su viaje a través de las redes sociales, se percataba enseguida por su aspecto y le preguntaba. Recibió toda la expectación que podía esperar: asombraba con sus narraciones, contestaba a dudas y preguntas, animaba y motivaba a dar el paso a todo el mundo: era una receta infalible para darle sentido a la vida. En ocasiones se enfadaba ante la ingenuidad de algunos comentarios. ¡Cómo vives!, le interpelaban.

—Pero, ¿qué crees? ¿Que todo ha sido fantástico? —respondía.

—No sé, es que solo mostrabas lo fantástico.

Pero los días de vino y rosas tienen un vástago indeseado: la fatal resaca. Llegó un punto en el que el interés decayó. Era inevitable. Ya había contado la historia detrás de cada tatuaje, había publicado las fotos y vídeos más espectaculares, había tenido todos los públicos posibles: familia, cuadrilla, vecinos, compañeros del instituto y la universidad, exparejas, examigos, conocidos, enemigos...

¿Y ahora qué? Tenía que encontrar la manera de continuar en la cresta de la ola, de seguir iluminando su gastado entorno con todo lo aprendido. Pensaba, rumiaba, y no hallaba ninguna solución. Las redes sociales no le iban mal, pero no daba el siguiente paso de ser considerado un influencer. ¿Un blog? Demasiado pasado de moda. ¿Un libro? Demasiado tiempo y esfuerzo. Se hundía. Él, que había superado tantos retos y había sido tan ambicioso, estaba atrapado en la casa de sus padres. En despertares corrientes, rodeado de bloques de pisos uniformes; bajo los cielos reducidos y apesadumbrados de su barrio de toda la vida. Pero pronto aprendería que los golpes de timón no solo son posibles en los mares bravíos, también están a la vuelta de la esquina: lo cercano esconde un futuro. Fue en esas olvidadas calles en las que había pateado balones, lanzado globos de agua y besado sus primeros labios donde creyó encontrar una salida. No le podía pasar desapercibido un cartel que parecía hecho para él:

¿Tienes algo que enseñarle al mundo?
ESCUELA DE PREPARADORES
Ven a conocernos y te daremos
las herramientas que necesitas.

CONVIÉRTETE EN PREPARADOR
15 de septiembre, 00:00 horas. Palacio Guridi.

Pudo sentir una atmósfera electrizante nada más llegar. Cualquier otro hubiera huido, pero no había dado media vuelta ante pasos de montaña mortales o en saltos en paracaídas a miles de metros de altura: conocía la satisfacción al otro lado del riesgo. Los señoriales guardas que esperaban en la imponente puerta de rejas anotaron su nombre y número de documentación y le hicieron una fotografía antes de guiarle al gran salón. Era de una oscuridad acogedora. Le fue difícil determinar cuánta gente había, pero cada alma presente se le hizo muy pesada, latía una intensidad contagiosa que se le metía por la boca y atenazaba su cuerpo hasta volverlo servil.

La música rompió el aura siniestra: era un rock desenfadado y alegre, de carretera y ventanilla bajada. Los focos iluminaron un escenario imponente. Apareció una figura. Melena hacia atrás, un litro de laca, traje impecable y unos dientes como las perlas de la abuela. Entró fulgurante, con la chispa de un showman enérgico. Que nadie se equivocase. Aquello no era una misa. Era algo mucho mejor. Algo adaptado a la velocidad y la estética de los tiempos.

Máximo López susurraba/siseaba y arengaba. Era una canción melódica con un estribillo rompedor. Ese padre que te ayuda con los deberes y hace *snowboard*. Contó que a partir de ese momento todos eran preparadores, que todavía no estaban listos, pero que irían avanzando en la pirámide de la escuela. Él, más que un líder, era un amigo, decía. Era prescindible, decía. Su sueño era que apareciese un preparador tan bueno que se adueñase de la cima. Ese era su mayor objetivo. Tenía un lema: "si aceleras, llegas". Él iba a enseñarles a ir a otra velocidad, a un ritmo diferencial que les hiciera superiores al resto. Contaba con un plan para todos. Empezó a gritar: "si aceleras, llegas", "si aceleras, llegas", mientras se daba repetidos golpes en el pecho. Cada vez más rápidos. ¡Vamos, vamos!, ¡seguidme!, clamaba. Se empezaron a escuchar los primeros tímidos toques. Julen miraba atónito a su alrededor. ¡Vamos, vamos! Se gestó un clamor, un bucle al unísono: "si aceleras, llegas", "si aceleras, llegas", "si aceleras, llegas". Sintió su mirada: Máximo le observaba con la autoridad de un dios benevolente. Le estaba dando una oportunidad. Julen cerró el puño y lo acercó a su pecho. Le costó dar el primer golpe. El segundo, algo menos. El tercero. El cuarto. El quinto. Cada vez con más fluidez. Empezó a mover los labios. Murmuraba: "si aceleras, llegas", "si aceleras, llegas". Subió el volumen. El ritmo. Fue un alivio unirse al griterío. Máximo sonrió.

Las pulsaciones bajaron en el cóctel. Un piano delicado y de una elegancia alegre ambientaba; la ansiedad de algunos por compartir la emoción de lo vivido formaba los primeros corros; los camareros, vestidos con anacrónicos chaqués de pingüino, desplegaban bandejas de canapés y botellas de champán. Julen se hizo con una copa mientras intentaba mascar lo que acababa de ocurrir.

—¿Señor Alberdi? —le preguntó uno de los guardias.

—Sí, soy yo —respondió Julen.

—Máximo quiere verle en su oficina.

—¿A mí? ¿Por qué?

—Él se lo explicará mejor, señor —dijo desde un lacayismo marcado en el que se mostraba cómodo. Su autoridad cortés no dejaba escapatoria—: Si es tan amable —añadió al señalar el camino.

Máximo aguardaba sentado en su escritorio, exhibía una

calma fiera; la sonrisa perenne y los ojos atentos. La mesa era un caos de libros y cuadernos, soportaba tres pantallas de ordenador, las fotos de familia perfecta transmitían la calidez de unas imágenes de stock.

—¡Tú! —Comenzó a señalar a Julen—. ¡Sí, tú! Lo he percibido según te he visto. Me he dicho: este tío lo tiene.

Julen rebajó su inquietud ante la fuerza del halago. Llevaba tiempo huérfano de reconocimiento y sucumbió rápido al agasajo frontal que le concedía un tipo en apariencia poderoso.

—Gracias, señor López.

—¡Por favor! Llámame Máximo —dijo mientras le hacía un gesto para que se sentase—. Gracias, Carlos. Déjanos solos, por favor —le ordenó al empleado.

Máximo se permitió el lujo de observar a su potencial aprendiz de cerca y en silencio. En unos segundos que a Julen se le hicieron eternos, le estudió el rostro y se hizo aún más dominador de la escena.

—Te pondré otra copa —anunció por fin. Se levantó y comenzó a prepararla en un pulcro mueble bar que contrastaba con el caos de su mesa de trabajo—. Te preguntarás qué es toda esta parafernalia que hemos montado. —Le ofreció la bebida en una taza de cobre—. Es un *Moscow Mule* —apuntó—. Verás, las cosas están mal ahí fuera: hay mucha gente deprimida o sin un norte claro. Los preparadores queremos ayudar, queremos ser los líderes de esta sociedad. Por eso necesitamos a gente como tú, con talento, que pueda guiar a quien lo necesita. —Jugueteaba y removía los hielos que sobresalían en la taza. Su tono de voz se había tornado más solemne—. Pero, ojo, ser preparador no es fácil. Para ser uno de los nuestros vas a tener que superar una serie de retos que te sacarán de tu zona de confort. Será un proceso duro. Exigente. Pero, estoy convencido: tú puedes hacerlo —concluyó mostrando su dentadura privilegiada.

Julen se sentía abrumado y nervioso, no sabía muy bien qué pensar; pero quería creer que era la oportunidad que buscaba.

—Y bien. ¿Te apuntas?

Julen reflexionó. Siempre había querido triunfar, ser alguien especial, y lo había conseguido: era un auténtico aventurero. Pero necesitaba emprender algo nuevo, capitanear a aquellos seres oscuros que le rodeaban, que no entendían la vida y le apagaban a él. Máximo le comprendía y creía en esa ambición que otros cuestionaban. Dejaría de estar solo, de predicar a la nada. Uno no renuncia a su destino. Ya no dudó:

—Cuenta conmigo.

—Genial. ¿Qué estás dispuesto a hacer para empezar?

EL GUARDIÁN

Xabier Giménez Sasieta
Primer premio

XABIER GIMÉNEZ SASIETA (Bilbao, 1974). Es realizador de spots publicitarios para TV, donde necesita condensar muchas ideas en poco tiempo. Por eso intenta que en sus historias visuales no haya tiempos muertos. Una pasión por un alto ritmo narrativo que intenta trasladar a su afición favorita: la escritura. Vive en Bilbao con su socio de aventuras, *Bruma*, un caniche que cree que él es el director y Xabier solo sigue el guion.

Julen sintió cómo la pregunta se clavaba en su mente, como un aguijón frío y preciso que le arponeaba. Con una mirada severa fijada en él, Máximo parecía estar escrutando cada rincón de su ser, buscando cualquier indicio de duda. Claramente, se trataba de una prueba, una evaluación meticulosa de su compromiso y disposición para sumergirse en algo desconocido.

Julen reflexionó unos instantes. Aunque realmente no sabía de qué iba todo aquello, sentía de nuevo el cosquilleo del halago, y esa sensación reconfortante de ser especial, único. Se había pasado media vida persiguiendo esa emoción, siempre corriendo tras la próxima aventura, el próximo reto, el próximo *like* de sus seguidores.

Tras una breve pausa, en la que las posibilidades giraban en su mente como una ruleta imparable, la expectativa venció al miedo y Julen respondió con una ambición que él mismo no sabía si era auténtica o impostada:

—Estoy dispuesto a hacer lo que sea necesario.

Máximo asintió lentamente. Una sonrisa de satisfacción le surcó el rostro. Pero en su mirada se percibía una intensidad controlada, como si ya hubiera anticipado esa respuesta. Al fin y al cabo, no era la primera vez que veía a alguien prometerlo todo, y sabía bien cuántos terminaban por fallar.

—Perfecto. Entonces, ven conmigo.

Máximo guio a Julen por un laberinto de pasillos que parecían multiplicarse a cada paso. Caminaron largo rato por conductos cada vez más deteriorados y estrechos, con paredes vetustas, llenas de pintadas, que parecían guardar secretos de encuentros olvidados. A medida que avanzaban, Julen comenzó a sentir una sensación familiar en la boca del estómago: La emoción de la aventura, del peligro, de lo desconocido. Estaba de nuevo en la brecha. Tras unos minutos, llegaron a una sala dominada por una gran estantería de madera repleta de libros antiguos.

Máximo comenzó a moverse con parsimonia, con movimientos casi ceremoniales mientras elegía un libro con cuidado: *República VII: Alegoría de la Caverna*, de Platón. Al levantarlo, se escuchó un clic. Un sonido que Julen apenas percibió pero que provocó que su corazón diera un vuelco: Toda la estantería se giró lentamente por el centro, revelando al de unos segundos una abertura lateral, oscura y ominosa. Se trataba de una boca bastante estrecha, con apenas el ancho suficiente para que la cruzara una persona.

—Tú primero —dijo Máximo, con un tono neutro.

La invitación, aunque pronunciada con voz suave, tenía un peso que trascendía lo evidente. Era como si Máximo le estuviera pidiendo que cruzara un umbral más allá del simple espacio físico; un paso hacia lo desconocido, hacia lo irreversible. Además, a Julen no se le había escapado cierta rigidez en el lenguaje corporal que su anfitrión trataba de ocultar. Máximo estaba nervioso. Y eso no era buena señal.

Se acercó al agujero con cautela, avanzando con pasos lentos y calculados. El pasadizo le recordaba a la entrada del complejo de cuevas de Li-Pot: Aquel siniestro refugio de los Jemeres Rojos que, años atrás, visitó sin ser del todo consciente del peligro. Una decisión que estuvo a punto de costarle la vida a manos de los guerrilleros. Sin embargo, aquel viaje terminó siendo uno de los mejores de su vida, además de un gran éxito en sus *stories* de Instagram. Una parte de él le advertía que no tentara su suerte de nuevo, mientras que su ansia de reconocimiento ya anticipaba nuevos halagos por su audacia.

Al aproximarse, pudo ver que se trataba de un pasillo, no muy largo, que parecía dar paso a una estancia más grande, de la que emanaba una extraña luz azul. Aquel brillo disparó su curiosidad, y aunque la voz de su conciencia intentó advertirle, Julen la ignoró. Después de todo, su vida había sido un constante salto al vacío.

—A la mierda —pensó, apretando los dientes—, ya que he empezado, tengo que llegar hasta el final.

Entró en el pasillo y notó cómo el aire se volvía más denso en su interior. "Es solo un pasillo", se repetía, pero la oscuridad y la extraña luz a la que se dirigía hacían que cada paso se sintiera más pesado que el anterior. Finalmente, llegó a la estancia. Se trataba de una sala rectangular de unos 20 metros cuadrados. Todo el lugar parecía labrado en piedra, o quizás en hormigón. Las paredes, oscuras y llenas de hollín, lucían grabados de símbolos esotéricos que le resultaban extrañamente familiares y desconcertantes. La luz de unas pocas velas intentaba aportar calidez al lugar sin conseguirlo: una frialdad immanente parecía estar adherida en todas partes.

Julen sintió como si estuviera entrando en un túmulo sagrado, un lugar que no había visto la luz en siglos, y donde cada sombra podría estar escondiendo un peligro agazapado. Las inscripciones arcanas de las paredes parecían susurrar un mensaje, un aviso dirigido a aquellos lo suficientemente insensatos como para aventurarse a entrar. Todo el ambiente era inquietante, cargado de una energía antigua que parecía casi palpable.

Y en el centro de la sala, colocado de forma vertical, resplandecía un Portal.

Tenía el aspecto de un gran marco, formado por una pulida piedra negra, que inundaba la sala con una etérea energía azul proveniente de su vano. Julen no pudo evitar compararlo con algo sacado de una película de ciencia ficción, lo cual le arrancó una sonrisa nerviosa.

—Esta es Veräunseril —explicó Máximo, con una solemnidad que resonó por toda la sala—. La Puerta a la Dimensión Intermedia, un mundo paralelo que coexiste con el nuestro.

Julen observó el portal con una mezcla de atracción y miedo. Era como si esa luz azul lo estuviera llamando, murmurándole secretos en un idioma que no comprendía, pero que su alma siempre había deseado conocer. Su mente, aunque bullía de preguntas, estaba en shock, abrumada por la magnitud de lo que estaba presenciando. Se sentía paralizado.

—¿Qué hay al otro lado? —consiguió preguntar finalmente, con un hilo de voz.

—Un lugar donde el tiempo y el espacio se doblan. Es un mundo... singular. Lleno de desafíos y peligros, pero también de conocimientos y habilidades que no se pueden encontrar aquí respondió Máximo, con un brillo en los ojos que delataba la importancia de lo que estaba revelando.

Julen estudió con cautela el Portal, que reflejaba su imagen con una extraña distorsión, como un espejo refulgente y líquido. Con aprensión, se acercó ligeramente para ver mejor las inscripciones del marco. Súbitamente, el Portal comenzó a vibrar. Parecía estar sincronizándose con él.

Llamándolo.

Julen, asombrado, abrió los ojos de par en par. Aquel objeto ejercía una extraña influencia sobre él. Con la respiración entrecortada, extendió tímidamente una mano hacia el Portal. En cuanto tocó la sustancia iridiscente ésta comenzó a abrirse, revelando al otro lado un paisaje surrealista, lleno de colores vibrantes y criaturas extrañas. Una sensación de pequeñez e insignificancia lo invadió, y por un instante, casi retrocedió. Pero la promesa de explorar un lugar desconocido era demasiado tentadora.

—Los Preparadores no solo buscamos líderes para esta sociedad —explicó Máximo, observando a Julen—. Somos los guardianes de la Dimensión Intermedia. Nuestra misión es proteger el equilibrio entre ambos mundos.

El corazón de Julen latía con fuerza. La posibilidad de ser parte de algo tan monumental era embriagadora. Sus manos temblaban mientras jugaba con la sustancia azul, que serpenteaba entre sus dedos.

—Si quieres ser uno de nosotros, tu primera prueba será cruzar y enfrentarte a tus miedos más profundos —continuó Máximo—, pues solo aquellos que logran superar sus propios demonios son dignos de confianza.

La idea de cruzar el umbral hizo que Julen tragara saliva. Lo que veía al otro lado no se parecía a nada conocido. Definitivamente, aquello no era Kansas. De pronto, sus expediciones y correrías del pasado le parecieron fútiles y sin significado; tenía ante sí la mayor de las aventuras. Aunque probablemente, nada de lo que había aprendido en sus viajes le ayudaría allí dentro pensó con aprensión. Y en cuanto a enfrentarse a sus miedos más profundos... Eso sí que podía ser un problema. Nunca había sido un hombre introspectivo, ni en contacto con su ser profundo. En el fondo sabía que su vida, disfrazada de valentía y aventura, era una constante evasión y una búsqueda de reconocimiento.

Por otra parte, ahora tenía la posibilidad de explorar un lugar realmente mágico. Un territorio fuera de este mundo, a donde nadie había llegado. Conocer criaturas y civilizaciones inimaginables. Ser un verdadero expedicionario, mayor incluso que Livingston. Y si el peaje a pagar era rebuscar en su interior, quizás era una señal de que había llegado la hora de afrontar sus demonios.

El deseo de conocer, de explorar, de llegar más allá se impuso sobre sus miedos. Con lentitud, levantó el pie derecho, preparado para dar el paso. Recordó fugazmente la frase de Neil Armstrong. Y dándose ánimos, se dijo que su pequeño paso también pasaría a la Historia. Finalmente, el joven viajero cerró los ojos y cruzó el Portal, sintiendo cómo una oleada de energía lo envolvía.

Lo primero que percibió fueron los nuevos sonidos: el silencio de la estancia se había transformado en un ambiente orgánico, en el sonido de un lugar vivo. Al abrir los ojos descubrió que se encontraba en una especie de jungla, densa y exótica. Los árboles y la vegetación tenían hojas que brillaban con un resplandor azul bioluminiscente. El aire estaba cargado de una energía palpable que hacía que cada movimiento resonara con un eco extraño, como si la misma tierra vibrara bajo sus pies. El lugar era embriagador, y Julen sintió una euforia que apenas podía contener. Todo su ser se llenó de una energía juvenil, una mezcla de adrenalina y maravilla que le recordó a sus primeros viajes.

Se movió con cautela, mirando bien dónde ponía los pies. Los sonidos que escuchaba recordaban a los de una selva: criaturas que chillaban y vivían y lo observaban ocultas entre la vegetación. Un vergel, vivo y palpitante, lleno de secretos y lugares listos para ser descubiertos. Aunque allí, cada sonido y cada movimiento parecía estar diseñado para recordarle que no pertenecía al lugar, que era un forastero en tierra extraña, un intruso en un mundo que no le necesitaba. Una sensación turbadora, que se vio acrecentada cuando comenzó a escuchar susurros. Murmuraciones apenas audibles que no parecían provenir de ningún lugar concreto.

La jungla, al principio un paraíso exótico, pronto reveló su verdadera naturaleza. Los sonidos comenzaron a mezclarse con voces de su pasado que, con gran potencia, rescataban sus recuerdos más oscuros. Apenas pudo dar unos pasos cuando comenzó a tener visiones: imágenes de momentos difíciles de su vida, errores, pérdidas y miedos que siempre había tratado de ocultar. Era como si la jungla misma le estuviera mostrando su alma, revelando todo lo que había intentado enterrar bajo capas de vanidad y redes sociales.

Sus piernas temblaban, y su mente luchaba por mantenerse centrada, mientras el peso de sus errores y miedos se hacía cada vez más palpable: su vida nómada, su sentimiento de inferioridad, su soledad. Sentía el dolor, la vergüenza y la culpa de cada mala decisión, de cada oportunidad perdida, de cada huida hacia delante.

Como una gran ola, se hizo presente la tentación de huir, de retroceder y esconderse en el lugar más profundo de su mente. Pero recordó las palabras de Máximo. Si quería continuar allí, tendría que enfrentarse a sus miedos. Con un gran esfuerzo se concentró, enfrentándose a cada visión con una valentía que no sabía que tenía, aceptando sus errores y perdonando sus fracasos.

A medida que lo hacía, las visiones se desvanecieron,

dejando una calma profunda, una paz interior que nunca había conocido. Era como si al hacer frente a sus miedos, su alma hubiera subido de nivel.

Tras lo que le parecieron horas, pero pudieron ser solo minutos, Julen emergió de la jungla y encontró una antigua ciudad en ruinas, devorada por la vegetación y el abandono. En el centro de la ciudad, un pedestal con un objeto brillante lo esperaba: una llave dorada.

Tomó la llave y, en ese momento, todo el mundo a su alrededor se desvaneció y fue transportado de regreso a la sala secreta. Máximo lo esperaba con una sonrisa de orgullo y una copa en la mano.

—Sabía que lo lograrías —le dijo sonriendo mientras le tendía la copa—. Esta llave simboliza el inicio de tu camino hacia los conocimientos y habilidades que poseemos. Ahora eres uno de nosotros. Pero aún tienes mucho que aprender, esto es solo el comienzo.

Julen tomó la copa, sintiendo una mezcla de satisfacción y adrenalina corriendo por sus venas. Había sido una experiencia increíble, y no pudo evitar pensar en lo genial que hubiera sido poder capturarla con su GoPro para compartirla en Instagram. Sus seguidores habrían alucinado.

Descartando ese pensamiento, Julen apuró su copa de champán, y más tranquilo contempló el portal, que devolvía imperturbable su reflejo.

—Pero hay algo que no entiendo —comentó, girándose hacia Máximo—. ¿A quién tenemos que preparar?

Máximo soltó una leve risa antes de responder, con un tono que combinaba paciencia y misterio.

—Efectivamente, no lo has entendido. Tú no vas a preparar a nadie. Nosotros te preparamos a ti.

—¿A mí? ¿Prepararme... para qué? —respondió Julen, abriendo mucho los ojos.

—Para ser el nuevo Guardián del Portal —sentenció Máximo con gravedad—. Un Maestro Arcano que vive a caballo entre ambas dimensiones y que asegura el equilibrio entre los dos mundos. Alguien que, en esencia, controla a la Dimensión Intermedia y evita que...

—¿Qué? —preguntó Julen, mientras notaba que un escalofrío recorría su espalda.

—Que el otro lado nos devore. Julen, no te voy a engañar: Aunque la Dimensión Intermedia pueda ser fascinante, es muy, muy peligrosa. —Máximo señaló al Portal—. Hace siglos, cuando se descubrió el Portal, el mundo estuvo a punto de ser exterminado por el otro lado. Se consiguió evitar con mucho esfuerzo y sacrificio, gracias sobre todo a las habilidades de una persona excepcional, que consiguió controlar los impulsos de la otra dimensión y de sus criaturas. Se convirtió así en el primer Guardián. —Máximo relajó la mirada, como evocando tiempos pasados—. Se llamaba Teseo. Pero aunque transitar entre los dos mundos otorga una mayor longevidad, nadie es inmortal. Por eso surgió nuestra organización. Debíamos asegurarnos un relevo para cuando el primer Guardián muriera. Y nos convertimos en Los Preparadores —sentenció, abriendo los brazos en un gesto teatral—. El proceso es muy sencillo —continuó—. Lo has visto fuera, con la parafernalia de la convención. Cada cierto tiempo, atraemos a gente que ya tiene ciertas habilidades y tendencias innatas, como ambición y vocación de liderazgo, entre otras. Y los observamos. Verás, muchos preparadores tenemos un pequeño don: podemos ver el potencial de las personas: La chispa oculta que puede prender el faro. Muy poca gente la tiene. Y yo la he visto en ti en cuanto te he observado. Tu interior esconde la grandeza, Julen —dijo, solemne, mientras apoyaba su mano en su hombro—. La veo claramente. Sin embargo, deberás trabajar tu yo profundo. Tus miedos, tus inseguridades, tus ambiciones. El Otro Lado se aprovecharía de todo ello y lo volvería en tu contra. Pero no te preocupes: una vez hemos identificado y reclutado a estas personas especiales, las preparamos para que una de ellas, la más digna, pueda relevar al Guardián cuando éste juzgue que ya no tiene la aptitud necesaria. Nuestro actual Guardián está llegando al final de su ciclo vital, de modo que hemos activado la búsqueda de un sustituto. Si aceptas, serás uno más de nuestros candidatos. Te entrenaremos y prepararemos, y deberás superar, junto con otros compañeros y aspirantes, las pruebas más duras que puedas imaginar.

Julen respiró hondamente, impresionado por el relato. Este nuevo camino le ofrecía más que aventuras: le daba un propósito. Había llegado la hora de evolucionar: era el viaje definitivo. Con una mezcla de nerviosismo y coraje, decidió aceptar.

A partir de ese momento, se dedicó a aprender y dominar las enseñanzas de los Preparadores, alternando entre el mundo real y la Dimensión Intermedia, colaborando con otros y preparándose para proteger el equilibrio entre los dos mundos.

Las semanas siguientes fueron un torbellino de nuevos

conocimientos y experiencias. Julen entrenó con candidatos de todo el mundo en técnicas de autocontrol, supervivencia y habilidades psíquicas que le permitieron manipular la realidad de la Dimensión Intermedia y sus criaturas. Aprendió a abrir y cerrar portales secundarios en lugares lejanos, a moverse con sigilo y a comunicarse telepáticamente con sus compañeros. Pero lo más importante, comenzó a enfrentar y superar sus propios miedos y limitaciones. Dispuesto a ser un escudo contra la presión del otro lado.

Cada noche, después de un día agotador, se encontraba con Máximo para discutir sus progresos y desafíos. Su mentor, siempre con una sonrisa en su rostro, le daba consejos y le animaba a seguir adelante. A pesar de la dureza de las pruebas, Julen sentía que estaba creciendo y evolucionando como nunca antes.

—Tienes un talento extraordinario —le comentó Máximo—. Jamás había visto a nadie progresar tan rápido. —Julen, esponjado como una *Prima Donna*, dibujó una amplia sonrisa en su rostro, agradecido por el halago—. Pero recuerda: debes mantener la serenidad y el sosiego de espíritu. No te dejes llevar por tus pulsiones y tus miedos, y somete tus pasiones al dictado de la sabiduría. Sólo así serás digno y conseguirás la Ataraxia.

—¿La qué?

—Uno de nuestros primeros Guardianes acuñó ese término. Decía que era un estado de control total de las emociones perturbadoras.

—Ese guardián no sería Spock, ¿no? —señaló, con aire burlón—. Porque a mí ya nada me sorprendería.

Un día, mientras practicaba la apertura de un portal, lo asaltó una visión. Vio a una figura oscura y amenazante que parecía observarlo desde las sombras de la Dimensión Intermedia. La visión lo perturbó profundamente, y tuvo la sensación de que aquel ser era quien se interponía entre él y el éxito de su entrenamiento. Se concentró en perfeccionar sus habilidades, convencido de que debía estar preparado para cualquier cosa, quizás incluso enfrentarse a aquel ser. "Si aceleras, ganas", se dijo. Debía llegar a lo más alto. Sentía que era su destino.

Semanas después, Máximo anunció que había llegado la hora de la prueba final. Julen debía entrar solo en la Dimensión Intermedia y recuperar un artefacto antiguo y poderoso conocido como el Orbe de la Sabiduría. Este artefacto, explicó Máximo, contenía los conocimientos y secretos de todos los Guardianes que habían existido, y era crucial para mantener el equilibrio entre los dos mundos.

Julen aceptó el desafío con determinación y atravesó el portal una vez más. Esta vez, la Dimensión Intermedia le recibió con un paisaje desolado y sombrío. La jungla había desaparecido, reemplazada por un desierto oscuro y sin vida. A lo lejos, vio una estructura antigua y deteriorada que parecía ser el templo donde se encontraba el Orbe de la Sabiduría.

Con cautela, el joven trotamundos avanzó hacia el edificio, consciente de que la figura oscura de su visión podría estar acechando y aparecer en cualquier momento. Al llegar encontró la entrada bloqueada por una serie de trampas y obstáculos que parecían diseñados para mantener alejados a los intrusos. Usando todo lo que había aprendido, Julen desactivó las trampas una a una.

—¿Esto es todo? —pensó, con cierta suficiencia—. Es bastante decepcionante.

Finalmente entró en el templo y caminó hasta lo que parecía ser una sala central. Allí, sobre un pedestal de piedra, descansaba el Orbe, brillando con una luz dorada que iluminaba la habitación. Con la respiración entrecortada por la emoción, se acercó lentamente y extendió la mano para tomar el artefacto. Justo cuando sus dedos rozaron la superficie del Orbe, sintió una presencia detrás de él.

Se giró rápidamente y vio a la figura oscura de su visión. Era un ser alto y demacrado, con una túnica gris y una mirada intensa. Julen tuvo el presentimiento de que estaba frente al actual Guardián de la Dimensión Intermedia, una entidad destinada a proteger el Orbe.

—¿Quién eres? —preguntó, tratando de mantener la calma.

—Soy el Guardián del Portal —respondió la figura con una voz profunda y resonante—. Solo aquellos que son verdaderamente dignos pueden llevarse el Orbe y continuar el legado. ¿Eres tú uno de ellos?

Recordando todo lo que había aprendido y superado, Julen se plantó firmemente y miró al Guardián a los ojos.

—Sí, lo soy. He enfrentado mis miedos, he aprendido y crecido. Estoy preparado.

El Guardián lo observó en silencio durante unos instantes y asintió lentamente.

—Muy bien. Pero para demostrar tu valía, debes superar una última prueba. El Orbe revela la verdadera realidad interna de quien lo sostiene. Si eres realmente digno, mantendrás tu equilibrio. Si no, tus propios deseos y temores te malograrán.

Julen tomó el Orbe con determinación. Al instante, su mente se llenó de las visiones y emociones más intensas que jamás había experimentado. Vio el poder, la influencia, el reconocimiento que siempre había deseado. Pero también vio su propia arrogancia, su necesidad de ser admirado y su desprecio por los demás.

Las visiones se intensificaron, y Julen comenzó a perder el control. El Orbe rescató y amplificó sus deseos más oscuros, y una sensación de poder absoluto lo invadió. La tentación de usar ese poder para sus propios fines se volvió abrumadora.

El Guardián lo observaba en silencio, atento a cada uno de sus movimientos, con la esperanza de que este nuevo aspirante fuera, por fin, el que lo liberara de su carga. Se sentía viejo y cansado. Apenas ya una sombra del hombre vigoroso y lleno de entusiasmo que una vez fue. Recordó fugazmente su juventud, y cómo se había dejado seducir por la magnificencia de aquel lugar. Pero una vez allí, una vida de lucha continua contra sus embates lo había dejado exhausto. Tras todos estos años, sentía que había cumplido con creces su deber de contener la amenaza y anhelaba descansar. Sin embargo, cuando vio a Julen retorcerse y gemir, comprendió con tristeza que el Orbe lo estaba corrompiendo.

—Demasiada vanidad —pensó, apesadumbrado, mientras desenvainaba su espada y se disponía a separar otra cabeza de sus hombros con un corte limpio—. Una vida perdida.

Al otro lado del portal, Máximo aguardaba con una mezcla de preocupación y expectativa. ¿Conseguiría Julen convertirse en el nuevo Maestro Arcano? Encontrar a un candidato viable estaba resultando mucho más difícil que en otras épocas, llevaban años de retraso. Por un momento, recordó su propia experiencia con el Orbe unos años atrás. Tan pronto como tocó el artefacto se desmayó, abrumado por su poder y su reclamo. Era lo más habitual. La mayoría de los aspirantes no eran lo suficientemente fuertes: se desmayaban y fallaban. Algunos se quedaban después en Los Preparadores, gestionando la organización. Por otro lado... si conseguía soportar las tentaciones, el dolor y la intensidad del Orbe sin corromperse, su búsqueda habría concluido. Tendrían a un nuevo Guardián, que con su fuerza y su rectitud contendría a la oscuridad del otro lado.

Máximo no pudo evitar pensar fugazmente en la tercera opción: Si Julen se corrompía..., bueno, para eso estaba presente el Guardián actual. Un corte limpio e indoloro, era lo más humano.

Sumido en sus pensamientos, el líder de los Preparadores dejó pasar los minutos, y tras lo que le pareció una eternidad, contempló por fin cómo Julen regresaba a la estancia cruzando el portal.

—¿Lo has conseguido? —preguntó, fijando su mirada en el rostro de su protegido, que apareció imperturbable.

Julen asintió, y con un gesto triunfal levantó el Orbe con su mano derecha, sonriendo ampliamente. La búsqueda había concluido. Máximo, embriagado de emoción, respiró profundamente y caminó para abrazar a su amigo.

Julen, exultante, levantó lentamente su otra mano, que tenía oculta tras de sí. Su sonrisa, franca y abierta, se tornó calculadora y fría.

Elevándola con parsimonia, reveló a su mentor la cabeza cercenada y chorreante del Trigésimocuarto Maestro Arcano y Guardián del Portal.

Horrorizado por la escena, Máximo se detuvo en seco.

—¡Por dios, Julen, ¿qué has hecho?!

Como respuesta, el joven viajero pronunció lentamente unas palabras que cobraron un siniestro significado.

—Llegar más lejos que nadie —espetó con orgullo, arrastrando cada palabra.

Máximo se llevó la mano a la boca, impotente ante la magnitud de la catástrofe. Por primera vez en la historia de la humanidad, había ocurrido lo inimaginable. Un hombre había abierto el portal a los ejércitos de las tinieblas, y la oscuridad caminaría sobre la tierra.

—Pero no temáis —añadió Julen, en un tono casi paternal —, yo os prepararé para lo que está por venir.

Las piernas de Máximo cedieron, y cayó como una marioneta a la que le hubieran cortado los hilos. Apoyado en el suelo y con el rostro desencajado, apenas pudo balbucear unas trémulas palabras:

—Que Dios nos proteja.

UPSSS

Javier Beotegui Zubizarreta
Segundo Premio

JAVIER BEOTEGUI ZUBIZARRETA (Bilbao, 1961). Ingeniero en Informática por la Universidad de Deusto. Además de sus diversos logros profesionales, es un apasionado escritor y poeta, una pasión que le comenzó a surgir de una manera ocasional en los años 80. Es también actor, fundamentalmente de teatro, donde ha participado en la fundación de dos grupos: Clan Konstantin, y Trocadero Teatro. Fruto de esta pasión ha realizado algunos trabajos como dramaturgo, creando obras propias y adaptando también trabajos de otros escritores. Sus hobbies son la vela, pasear y leer, sobre todo clásicos.

—Upsss, ahora sí que me has pillado. ¿Siempre tan directo? La verdad, no se me ocurre nada en este instante, ¿de qué estamos hablando exactamente?

—De todo en general, y de nada en concreto. Estamos para aprender y poder enseñar. La vida es corta y hay que aprovecharla. Puede que este momento que estamos disfrutando sea el último, así que... lo que se te ocurra, lo primero que te venga a la mente. Vamos, sorpréndeme.

Julen miró a Máximo fijamente a los ojos, cogió el *Moscow Mule*, y se lo metió de un trago entre pecho y espalda sin respirar siquiera.

—Vaya, está bueno, ¿puedo tomar otro?

—¡Claro! Los que hagan falta.

Máximo se levantó con una sonrisa y se dirigió al mueble bar. A Julen el *shot* le había sentado muy bien. Sentía que sus energías se renovaban, y las pocas dudas que pudiera tener en su mente se disipaban en el alcohol.

Máximo regresó con el *cocktail* y lo colocó frente a Julen. Después volvió a sentarse en el sillón con mirada expectante. Julen adelantó su cuerpo.

—Te diré una cosa, Máximo. He estado los últimos años viajando solo por el mundo. He subido montañas, cruzado ríos, atravesado bosques y dormido en los lugares más extraños que puedas imaginarte. Me he alimentado de toda clase de cosas susceptibles de poder comerse. He atravesado desiertos, valles solitarios, extraños pueblos y grandes ciudades tanto a pie, como a caballo... incluso en camello... También me he dado mis caprichos, no lo niego. No creas que soy un asceta, nada de eso. No he renegado de trenes de primera clase, aviones, *lodges* junto a playas paradisíacas, ni me he privado de comer en sitios lujosos cuando me ha apetecido. He conocido gente de todas clases y pelajes: buenos, malos, listos, inteligentes, listillos, hijos de puta, estúpidos... no te puedes imaginar la cantidad tan diversa de personas que puede uno encontrarse... Te podría decir que he visto de todo, y, ¿sabes? Después regreso aquí, a mi ciudad, a mi hogar, y, ¿qué crees que encuentro? —aquí Julen hizo un silencio teatral mirando fijamente a su interlocutor—. ¡Nada! ¡Absolutamente nada!

Máximo abrió los brazos con mirada interrogante.

—¿Nada? ¿Qué quieres decir con nada?

—Eso mismo. Nada. La gente sigue exactamente igual que cuando me marché. Las mismas pequeñeces, las mismas minúsculas preocupaciones que les ahogan en el mismo vaso de agua una y otra vez. No han evolucionado. Si me fuera diez años estoy seguro de que al regresar únicamente podría constatar que son diez años más viejos. Punto. Siguen creyendo que lo más importante en su vida es tener el móvil de moda, el coche guay, la ropa de marca, comer en restaurantes Michelin e irse de vacaciones a los mismos lugares de toda la vida, abarrotados con la misma gente que llevan viendo toda su vida. Es decir, siguen haciendo las mismas cosas estúpidas y sin sentido. Eso sí, todo bien aderezado en Instagram. Les falta una guía, una dirección, no tienen un camino que seguir y llevan dando vueltas al mismo palo toda la vida. No saben lo que hacen, y lo peor de todo, es que no les importa. Creen que lo que hacen es lo mejor. La mentalidad única. Tienes mucha razón, necesitan alguien que les guíe, les despierte, les traiga a la luz, les indique el camino, los coloque en él y devuelva calor a esa sangre, que, en apariencia, les recorre las venas.

—Estoy totalmente de acuerdo contigo.

—Te diré más. Lo he intentado, sí, te lo juro, he intentado despertarles, pincharles, jalearles, sacarles de su zona de confort... pero ha sido imposible, están enganchados, como si fuera droga dura, a la pereza y a todos esos putos *gadgets* que los atrapan y les indican a cada momento lo que deben hacer. Te juro, Máximo, que lo he intentado, pero... ahora sí, estoy absolutamente convencido de que con tu ayuda puedo hacerlo, puedo despertarlos y llevarlos al buen camino. Me falta técnica, método... eso que marca la diferencia entre el éxito y el fracaso, entre que te oigan y que te escuchen. Sí, quiero ser un preparador, y haré lo que haga falta.

Después de su perorata, Julen se recostó sobre el respaldo del sillón, alargó la mano y tomando el *Moscow* le dio un buen trago. Se había quedado con la garganta totalmente seca. Máximo le observaba en silencio con ojos brillantes. Se notaba que le había impresionado su discurso. Sí, realmente era la persona que necesitaba.

—Me encanta —dijo al fin—. Es lo que esperaba de ti, Julen. Comprendo por lo que estás pasando, y te confieso que yo también lo he sufrido. Veía que la gente se dirigía al vacío, se alegraba de estar allí y, la verdad, no podía soportarlo. Pero nadie me escuchaba. Nadie se interesaba por lo que decía. Pensaban que estaba loco o que me había convertido en un bicho raro. Tú también debes haber vivido esa desesperación que se siente cuando intentas transmitir algo importante y ves que lo único que hacen es sonreír y mirarte con cara de lástima. No sabes lo que odiaba esos momentos, Julen. Me hervía la sangre, la rabia me invadía y el corazón palpitaba a ritmo de infarto. Pero sobre todo me daban lástima, mucha lástima.

Se detuvo un momento, pensativo, aparentemente perdido en sus recuerdos, después continuó:

—En aquellos tiempos era como tú. Era tú. Hasta el momento en que le conocí. Entonces todo cambió. Me tomó de la mano y me enseñó todo lo que debía saber para superarme a mí mismo, tener confianza y conseguir que me escucharan. No fue fácil, me asediaban las dudas, la inseguridad, pero poco a poco conseguí soltarme, rehacerme, confiar en mí, y lo logré. Sí, Julen, al final me escucharon, siguieron el camino y ahora son libres de estas absurdas ataduras materiales. Son felices y van derramando la verdad y las buenas prácticas por el mundo.

—¿Quién era él?

—Su nombre no te dirá nada. Se llamaba Andrés, Andrés Cristóbal. Nos dejó hace años, aunque sólo físicamente. Sus ideales habitan en nosotros. Quizás estés pensando que esto sea una secta. Nada más lejos de la realidad, aquí no hay culto al líder, porque todos somos líderes, ni pedimos dinero, ni retenemos a nadie. El que quiera perderse, que se pierda. Es su opción. Aquí tenemos, como tú, la certeza de que todo se ha vuelto absurdo y caminamos hacia el desastre. Hemos perdido lo esencial, la humanidad. Lo único que queremos es evitar esa calamidad y recuperar el control sobre nosotros mismos, algo que en esta sociedad hipermanipulada se ha dejado de lado. Por eso necesitamos gente como tú, líderes natos que no tengan miedo a enfrentarse a lo que sea, a luchar por los demás cueste lo que cueste, teniendo como única meta el bien de todos.

—Estoy contigo, Máximo. Me convencí en el momento en que te vi subido al escenario, y, ahora que estamos cara a cara, lo estoy mucho más. Cuenta conmigo incondicionalmente, y cuando digo incondicionalmente, es incondicionalmente. Cien por cien.

Julen se levantó y le tendió la mano; Máximo se la cogió en un apretón firme y fraternal.

—No sabes lo que me alegra escuchar eso.

—Esto es una resurrección para mí. ¿Cuál es el plan?

Máximo le miró fijamente y, sonriendo, se dirigió al mueble. Julen no perdía ni uno sólo de sus movimientos. Preparó un *Moscow* y cuando lo tuvo en la mano se dio la vuelta y comenzó a hablar.

—El plan es el siguiente. Hoy estamos aquí para seleccionar a ocho personas. En cuanto las tengamos, nos marcharemos a un lugar aislado en plena naturaleza para preparar vuestra formación.

—Estupendo —dijo Julen entusiasmado—. ¿Cuándo? ¿Y, por qué ocho?

—Muy pronto, esta próxima semana, así que estate preparado. Son ocho porque hemos comprobado a través de varios años, que es el número de personas que podemos adiestrar de manera eficiente. Os avisaremos con veinticuatro horas de antelación, por eso es importante que estés a punto para partir en cualquier momento. Ese día os notificaremos la hora y el lugar donde nos encontraremos. Sin problema. ¿Cuánto tiempo dura?

—Esta fase son dos semanas. Quince días aislados de todo centrándonos en aprender y trabajar. Impulsaremos vuestras capacidades para ser los líderes que necesita el mundo. Habrá una parte teórica y otra práctica, como es natural. El conocimiento no sirve de nada si no se pone en uso.

—Completamente de acuerdo. Las ideas están bien, pero como ideas no tienen utilidad *per se.*

—¡Exacto! —se acercó y se volvió a sentar—. Eso sí, hay una cosa muy importante. Esencial diría yo.

—¿Cuál?

—No debe saberlo nadie. No sé de qué clase de libertad gozas, pero si tienes alguien a tu lado, sea quien sea, deberás inventarte cualquier actividad que te permita desaparecer dos semanas.

—No hay problema. Siempre he andado de aquí para allá sin dar ningún tipo de explicaciones; de hecho, si las diera, sería la primera vez.

—Perfecto. Eso me gusta de ti, independencia y confianza.

—Soy absolutamente independiente. Siempre lo he sido.

—¡Ah! Se me olvidaba, otra cosa más. Nada de móviles ni de dispositivos electrónicos. La tecnología para muchas cosas está bien, pero es totalmente disruptiva. No queremos que nadie esté pendiente de otra cosa que no sea el equipo y su propio crecimiento personal. Necesitamos crear vínculos sólidos entre todos los componentes. Fomentar la comunicación, la empatía, y, por desgracia, los móviles no generan más que aislamiento y frustración. Es algo que desgraciadamente comprobamos todos los días.

—Tienes mucha razón. Esos aparatos lo único que hacen es crear dependencia, una comunicación ficticia que en realidad no existe. Parece que estás cerca de la gente, pero en realidad estás cada vez mucho más lejos.

—Veo que también lo has comprobado. Es una lástima, pero es así.

—El tiempo que se pierde además...

—Incontable, Julen, infinito. —Hizo una pausa arrellanándose en el sofá—. Entonces, ¿cuento contigo?

—Absolutamente.

—Muy bien, te apunto a la aventura.

—¡Genial! —dijo Julen alzando su vaso y bebiéndoselo de un trago.

Máximo se echó a reír. Después escanció también su vaso y, dejándolo sobre la mesa, se levantó acercándose a Julen con los brazos abiertos.

—Muchacho, vas a ser un hombre nuevo. Ya lo verás.

Se dieron un efusivo abrazo.

—Y ahora sigue disfrutando de la fiesta. Y atento, en breve recibirás una llamada y comenzará una nueva vida.

—Lo estoy deseando, no voy a poder dormir hasta ese momento.

Caminaron juntos hasta la puerta del despacho, donde Máximo, con un fuerte apretón de manos se despidió de él.

Esa noche a Julen le costó dormir. Llegó a casa muy excitado y estuvo dando vueltas de aquí para allá sin decidirse a acostarse. Llegó incluso a sacar una maleta para empezar a hacer el equipaje, pero se dio cuenta de que no tenía ni idea de adónde iba, por lo que tampoco sabía lo que podía necesitar. Apartó la maleta, se desnudó y se tumbó sobre la cama. No era capaz de cerrar los ojos de la tensión que llevaba dentro, pero poco a poco el cansancio y los vapores del *Moscow Mule*, le hicieron caer en un pesado amodorramiento que le llevó a quedarse dormido.

Se levantó por la mañana con una leve resaca. No sabía cuántos *Moscows* había tomado, pero estimaba que no menos de siete. "La mula rusa cocea con fuerza", pensó. Sin embargo, su entusiasmo le hizo rechazar la pesadez de cabeza y de un salto se levantó a refugiarse en la ducha. Tras diez minutos bajo el chorro de agua fría, empezó a razonar con normalidad. Se puso la bata y se dirigió a la cocina. Necesitaba un par de cafés y algo que introducir en el estómago. No recordaba haber tomado nada sólido la noche anterior y sentía un hambre canina.

Mientras el café se preparaba y el pan se tostaba, fue a por su teléfono. Ahora no podía separarse de él, la llamada que esperaba lo significaba todo. Era consciente de que una oportunidad así sólo se daba una vez en la vida, y eso, si tenías suerte. Mucha, mucha suerte.

Transcurrieron dos días con sus correspondientes noches, y la ansiada llamada no llegaba, lo cual le generaba una gran inquietud. "¿Por qué tardarán tanto? ¿Habrán extraviado mi número? Como no llamen pronto me va a dar un ataque."

Durante esos días se había distraído diseñando estrategias de equipaje: verano, invierno, entretiempo, maleta grande, pequeña... ni siquiera se atrevía a salir de casa, lo cual preocupaba un poco a sus padres, acostumbrados más a sentir señales indirectas de su presencia, que a tenerle físicamente presente a todas horas.

Se encontraba tumbado en la cama después de comer, cuando el teléfono sonó. Lo agarró con ansia y descolgó, a pesar de que procedía de un número oculto.

—¿Julen?

—Sí, sí, soy yo —dijo casi en un espasmo.

—Soy Carlos, el secretario de Máximo. El equipo está completo y estamos listos para ponernos en marcha. Mañana es el día.

A Julen se le pintó en el rostro una enorme sonrisa de felicidad. Atendió a todas las indicaciones referentes a equipaje, lugar y hora de la cita. Estarían fuera dos semanas, tal y como Máximo le había indicado.

Acuérdate. Ni una palabra a nadie. Y nada de móviles ni similares. No te preocupes. Soy una tumba.

A pesar de los cuarenta y siete planes previamente esbozados, una vez colgó, no sabía que maleta coger, ni que ropa llevar, ni nada, así que empezó de cero, como si todas sus estrategias no hubieran existido nunca.

Cuando acabó se tumbó sobre la cama nervioso y excitado. No quedaban ni 20 horas para el comienzo de la aventura de su vida.

Llegó al lugar de la cita treinta minutos antes de la hora indicada, tal era el estado de ansiedad en el que se encontraba aquella mañana.

No había nadie, pero lentamente fueron apareciendo algunas personas. Todas acudían con maleta y cara de despiste, igual que él. Parecían esperar lo mismo e ir al mismo destino. Al principio se miraron tímidamente, manteniendo las distancias, pero al rato unos cuantos se habían acercado y charlaban de forma animada. Julen se unió a ellos y estuvieron departiendo hasta que, con total puntualidad, llegó Carlos invitándoles a seguirle hasta un imponente autobús que esperaba en las inmediaciones.

Tras dos horas de viaje dejaron la autovía y se internaron por un camino comarcal que atravesaba un bosque. Al salir de él, contemplaron una impresionante casona. Era su destino.

Allí les esperaba Máximo, pero, antes de mostrarles la casa, les pidió que fueran arriba, se instalaran, se relajaran un poco y se dieran una ducha. Carlos les acompañó hasta el primer piso y les indicó cuáles eran sus habitaciones. Después les dejó tranquilos, no sin antes invitarles a bajar al salón en cuanto estuvieran preparados.

A Julen la habitación le pareció magnífica. Una cama grande, unas buenas vistas y un baño a todo tren. Deshizo la maleta en un santiamén, tenía muchas ganas de encontrarse de nuevo con Máximo. Se duchó como un rayo, se cambió de ropa y bajó las escaleras de tres en tres.

Del salón procedía un agradable olor a café recién hecho. La puerta de doble hoja estaba abierta, y se podía ver a Máximo y a Carlos sentados en un amplio sofá charlando y degustando café. Cuando Máximo le vio entrar se levantó, y dejando la taza sobre la mesa se dirigió a Julen con su mano extendida.

—¡Qué rapidez! Eres el primero en aparecer. Me alegro mucho de volver a verte. Yo también. La verdad es que tenía mucha prisa por bajar —dijo mientras estrechaba la recia mano que le ofrecían.

—Esta será nuestra casa dos semanas, así que disfrútala. ¿Quieres un café? La verdad es que sí, huele estupendamente.

Mientras se dirigían hacia la cafetera, fue incorporándose el resto del equipo, ampliándose el murmullo hasta que poco a poco se fueron colocando en los diferentes sillones. Máximo pidió la palabra.

—Bien. Por fin estamos aquí. Quiero agradeceros vuestra presencia y espero no os sintáis defraudados en ningún momento. Serán días duros. Hemos venido a trabajar, no de vacaciones, aunque habrá un poco de todo. Esta tarde comenzamos la formación y seguiremos día a día hasta el fin de semana, que lo dedicaremos a otras actividades, no tan intelectuales, pero igualmente necesarias. Para no aburriros mucho, daremos un paseo por las instalaciones para que conozcáis todo y os sintáis en casa. Así que, apurar vuestros cafés y seguidme.

Todos se levantaron para seguir a Máximo. Les mostró los diferentes salones, el comedor, la biblioteca, la cocina, las aulas, el gimnasio... la casa lo tenía todo, incluso un pequeño hospital con un par de quirófanos. Al terminar salieron al jardín y estuvieron merodeando entre los parterres y las fuentes.

—Mirad —dijo Máximo apuntando hacia una montaña que se divisaba al fondo—. El sábado coronaremos esa cima. Veréis las vistas tan hermosas que se contemplan desde allí. Prepararemos un picnic y pasaréis un merecido día de relax después de tantas clases. Os sentará genial un poco de esfuerzo físico. Y ahora volvamos adentro. En vuestras habitaciones tenéis el horario de las actividades de las dos semanas. Ahora son las doce y media. Hasta las dos que es la hora de reunirse en el comedor tenéis un rato. Podéis dedicarlo a merodear y conoceros un poco más. Recordar que esto es un equipo, y tenemos que apoyarnos todos.

Regresaron al interior y se dispersaron por la casa. Unos fueron a sus habitaciones a terminar de poner sus cosas en orden, otros se dedicaron a deambular por las estancias, y alguno como Julen, se quedó en el salón descansando y departiendo con Berta, una de las chicas del equipo que le había impresionado muy favorablemente.

Tras el almuerzo empezó la formación. De cuatro a ocho y media estuvieron metidos en el aula. Únicamente hicieron un corte de media hora para tomar algo. Al terminar el día se encontraban cansados y muy satisfechos. Un poco de paseo por los jardines, una cena frugal, y media hora de tiempo libre antes de acostarse, completaron la jornada. Por supuesto, nada de televisión. Julen durmió en su nueva cama como un bendito. Hacía tiempo que no dormía rodeado de tanta paz y tranquilidad.

Así pasaron los días hasta que llegó el sábado. El esperado día de la excursión. Julen se levantó eufórico y muy animado. Cada día le gustaba más Berta, y sentía que a ella también él le llamaba la atención. La noche anterior, paseando entre los jardines se quedaron descolgados del resto, y, sino fuera porque se acababa el tiempo libre, quién sabe lo que hubiera pasado. Se puso el uniforme que les habían proporcionado: camiseta caqui, bermudas negras y botas de monte. Después de desayunar, cada uno recibió una mochila con comida y algo de ropa de repuesto, por si las tormentas.

A las ocho de la mañana estaban dispuestos frente a la entrada de la casa. El tiempo era fresco y agradable, lo mejor para una ruta montañera. Dos de los profesores les acompañaban. Julen se pegó a Berta, y así marcharon todo el camino.

Máximo desde el salón los vio partir.

—Bueno —dijo Carlos entrando—, ya está todo en marcha. Hoy es el día. ¿Todo en orden?

—Todo a punto. En media hora estarán aquí los médicos con el material y comenzarán a preparar los quirófanos. Para las cuatro estarán listos.

—Perfecto. Después de que desaparezcan, no quiero que anden merodeando por aquí. Les avisaremos cuando tengan que regresar.

—Sin problema. Se quedarán en la casona del guarda, a diez minutos.

—Muy bien. Los chicos regresarán a las ocho, así que hay tiempo. ¿Los batidos?

—Están preparando el compuesto. La mezcla la haremos al momento, para evitar que pierda propiedades.

—¿Hielo?

—En cantidad, y las máquinas no paran de producir.

—¿Y el transporte y los clientes?

—El transporte está confirmado para mañana a las ocho en punto. Los clientes están avisados y ansiosos por recibir la mercancía.

—Perfecto. Entonces, sólo queda esperar.

—Vamos a sacar un buen pico de esta operación.

—Va a ser genial. Dos como ésta y nos jubilamos.

—Y tanto. No veo el momento.

—Llegará, hay que tener paciencia.

—Paciencia... sí... paciencia.

A las ocho estaban de regreso. Algunos venían echando carreritas. Julen y Berta iban los últimos, bien agarrados de la mano. Enseguida fueron todos a sus habitaciones a arreglarse para la cena. Durante la misma no hubo más que risas, bromas y jolgorio. Máximo observaba con satisfacción. El equipo se había consolidado.

Tras el postre trajeron unos batidos. Máximo les explicó que eran batidos proteínicos, inmejorables para recuperarse del esfuerzo que habían padecido. Había que tomárselo todo, y después a descansar. Al día siguiente era domingo e iba a ser un día especial y lleno de sorpresas. Todos lo celebraron con gritos de alegría, brindaron batidos en alto y se los tomaron sin respirar.

A las once todos se encontraban durmiendo como leños. El batido estaba preparado para generarles un sueño profundo y placentero...

En el salón Máximo estaba tomando un whisky cuando apareció Carlos.

—¿Están todos?

—Sí. Estamos a punto.

—Bien. Vamos.

Se levantó del sillón y se dirigió a la zona de quirófanos, mientras Carlos subía a comprobar que todo estaba en orden.

Máximo saludó a los presentes.

—Cuando queráis empezamos.

Se escucharon los pasos de Carlos, que llegaba un tanto acelerado.

—¿Qué ocurre?

—Ha vuelto a suceder. Uno de los chicos no está del todo inconsciente. No tiene tono muscular, pero está despierto.

—Maldita sea. ¿Puede o no puede moverse?

—No.

—¡Qué le vamos a hacer! Bien señores, empecemos por él. ¿Quién es?

—El tal Julen.

—Qué lata. Habrá que analizar por qué pasa esto. Quizás tengamos que incrementar la dosis.

—Una dosis más alta podría ser perjudicial —apostilló uno de los médicos—, tanto para ellos, como para nosotros.

—Bueno ya lo estudiaremos. Ahora a trabajar. Mañana a las ocho tiene que estar todo terminado. La camilla. Carlos, el montacargas. Y vosotros, preparados.

Subieron la camilla en el montacargas Máximo, Carlos y dos enfermeros. Se dirigieron a la habitación de Julen que yacía sobre la cama con cara de pánico.

—¿Qué te sucede? —le pregunto Máximo acercándose a la cabecera.

—No sé, no puedo moverme, estoy como paralizado. Totalmente agarrotado. Casi no puedo ni hablar.

—Habrá sido un sobreesfuerzo. No te preocupes, los médicos están aquí. Vamos a llevarte a que te reconozcan. Muchachos.

Los enfermeros se adelantaron y en un par de ágiles movimientos depositaron a Julen en la camilla y lo trasladaron hasta el quirófano 1. Allí lo colocaron sobre la mesa de operaciones y le inyectaron una vía de anestesia.

—¿Es grave doctor? —preguntó Julen.

—No, no te preocupes, no es nada. Todo está bajo control. Cuenta hacia atrás desde diez hasta uno y procura relajarte.

Lo último que vio Julen, antes de que al llegar al cuatro sus ojos se cerraran completamente, fue una gran cantidad de cajas de corcho blancas, abiertas y repletas de hielo, apiladas a todo lo largo de la sala de operaciones...

LOS PREPARADORES

Silvia López Rodríguez
Tercer premio

SILVIA LÓPEZ RODRÍGUEZ (Bilbao, 1996) es antropóloga social y trabaja en el ámbito de la igualdad, los Estudios Feministas y de Género. Escribe pequeñas historias desde los nueve años, y actualmente está interesada en explorar, a través de escenas cotidianas y realistas, cómo las mujeres de su generación se enfrentan a los retos vitales del presente.

—Lo que sea necesario —aseguró Julen. El alcohol le había encendido las mejillas.

—¡Así se habla! Bienvenido a La Escuela —añadió Máximo, tendiéndole la mano repleta de anillos.

Julen correspondió el gesto con toda la seguridad que fue capaz de aparentar. En ese momento, una mujer menuda y trajeada irrumpió en el despacho. Reconoció en ella a la de la foto familiar.

—Hola Julen —lo saludó buscando también su mano—, me llamo Genevieve y soy la socia y esposa de Máximo. En ese orden —sonrió.

Julen pudo percibir la cadencia melodiosa en aquellas

palabras que, junto a la particular forma de pronunciar la J de su nombre, como una S suave, evocaban un acento francés casi extinto. Bajo la melena oscura, que caía en bucles sobre los hombros, los ojos indagadores de Genevieve lo escrutaban sin piedad. Se sintió un poco mareado. El olor a perfume caro se había apoderado de la habitación y se le metía en la boca. La presencia de aquellas figuras lo sobrepasaba; sentía que el espacio se cerraba sobre él.

—Julen, acompáñame, por favor. Termina tu bebida —ordenó Genevieve, intercambiando una mirada con Máximo.

Julen apuró el cóctel de un trago. El regusto alcohólico y el amargor del jengibre le tensaron el cuello, pero el calor que le subió desde el estómago lo reconfortó.

—Recuerda: "si aceleras, llegas" —le dijo Máximo desde detrás de la mesa, a modo de despedida.

Fuera del despacho, Julen encontró a otro joven que esperaba su turno. Su decepción fue difícil de disimular al descubrir que no era el único elegido. El muchacho era delgado, con el pelo y las pestañas muy rubias, casi transparentes, y no pasaría de los veinte años. Aparentaba estar tan nervioso como él. Cruzaron una breve mirada, antes de que Julen se apresurara a seguir a Genevieve por el lujoso pasillo hasta la puerta principal.

—¿Ves ese coche? —Genevieve lo invitó a asomarse a través de las rejas—. Está esperando para llevarte al primer reto de tu preparación en La Escuela.

Uno de los guardas, el mismo que le había recibido horas antes, permanecía rígido junto a la puerta trasera del vehículo. El resto de la calle estaba vacía, silenciosa.

—Verá, señora Genevieve... —dijo Julen algo avergonzado.

—Tutéame, por favor —lo interrumpió ella—. Algún día seremos compañeros. Máximo tiene buen olfato para los nuevos —sonrió al referirse a su marido.

—De acuerdo, Genevieve —pronunció con cierta inseguridad—, la cuestión es que vivo con mis padres, y no les he avisado de que llegaría tan tarde. —Se arrepintió de inmediato de haber dicho eso.

—No te preocupes, Julen —lo tranquilizó, sujetándolo suavemente del brazo—. Estarás en casa antes del amanecer —dijo; y lo empujó con firmeza desde la parte baja de la espalda.

El guarda abrió la puerta y Julen, aún desconcertado, subió al coche. Sobre una bandeja supletoria, coronado por una loma de hielo picado y guarnición de lima, lo esperaba otro *Moscow Mule* en su correspondiente envase de latón.

El coche avanzaba por la autovía en dirección a la costa vizcaína, sin faros, apenas guiado por el tenue alumbrado de la carretera. Julen disfrutaba de su bebida, que le resultaba menos amarga que la anterior. De repente, pensó que todo aquello podría ser una locura, una especie de secta en la que había caído sin darse cuenta. Es cierto que había visitado múltiples agrupaciones a lo largo de sus viajes, e incluso había vivido en una de esas "comunidades intencionales" a cambio de unas horas de trabajo. Pero siempre acababa decepcionado. Al regresar a Bilbao, se dio cuenta de que aquellas experiencias lo habían marcado de una forma profunda y trascendente, y que su recuerdo alimentaba un anhelo inconcreto que lo perseguía, y que nunca se había atrevido a revelar a nadie. Sin embargo, al pensar en Máximo y en Genevieve, y en sí mismo como parte de aquella vibrante multitud del salón, se sentía valiente y optimista. «¿Podré fiarme de ellos?», se preguntó, y sus miedos le parecieron tan ridículos que soltó una risilla breve y siguió bebiendo.

Media hora después, Julen reconoció el hipermercado a la entrada del municipio de Gorliz, el cementerio, los primeros apartamentos y adosados, y la larga calle Ondargane, donde condujo el coche familiar por primera vez. La expectación crecía en su interior y el alcohol empezaba a hacer efecto. Llevaba tanto tiempo sin beber, que no sospechó nada extraño cuando aquella náusea le obligó a cerrar los ojos, ni cuando, al abrirlos, vio el interior del coche distorsionado como a través de una pompa de jabón.

El vehículo se detuvo frente al área de *parkour*, cerca del pinar. Julen se aferró a la manilla hasta que se recompuso y pudo distinguir las plataformas de hormigón desnudo, que parecían enormes lápidas en la noche. Había trece jóvenes: seis mujeres y siete hombres, escoltados por una decena de guardas uniformados. Poco después, una furgoneta dejó al muchacho rubio que había visto al salir del despacho de Máximo. El grupo fue conducido por el paseo que describía la playa en forma de media luna. Dejaron atrás el sanatorio y el pequeño malecón que calzaba la montaña, ascendiendo hasta la cima de la lengua de roca que se adentraba en el mar. Abajo, las olas estallaban ferozmente contra las piedras, la humedad se le pegaba a la ropa y a la piel.

—¿Qué hacemos aquí? —preguntó Julen con un matiz de súplica en la voz.

—Guarde silencio, señor —ordenó un guarda.

—Damas y caballeros —anunció otro—, les doy la bienvenida al primer reto que tendrán que superar para unirse a Los Preparadores. Deberán despojarse de sus ropas y saltar al mar desde el acantilado. —Se levantó un murmullo, pero los guardas lo acallaron con rapidez—. Tras el salto, nadarán hasta la playa. Confíen en sus posibilidades y recuerden: "si aceleran, llegan".

Un escalofrío recorrió la espalda de Julen. «¿Qué clase de broma era esa?», se preguntó. Miró al joven rubio, como queriendo extender la pregunta, pero éste ya se desnudaba con torpeza.

—Tienen un minuto para saltar. Buena suerte —añadió el guarda.

Julen observó los primeros saltos, paralizado por el miedo. Recordó su experiencia de paracaidismo en el desierto de Namib, y cómo había reunido el coraje para saltar desde la avioneta. Se propuso hacer lo mismo, pero ahora estaba solo y no había un instructor que lo ayudase. Se desnudó, respiró hondo, degustando la brisa salada, y visualizó la ejecución. Las palabras de Máximo resonaron en su mente mientras tomaba impulso. En un instante, se vio suspendido sobre el mar, el viento rugiendo en sus oídos y el estómago en la garganta. El agua fría le cortó la respiración, y durante unos segundos, pensó que no alcanzaría la superficie. Junto a él, otras cabezas emergieron entre las olas, jadeando de júbilo. Aunque escucharon a alguien pedir ayuda, nadie se planteó atender aquella petición. Julen nadó hasta adentrarse en las aguas tranquilas de la bahía y llegar a la orilla, entumecido y descompuesto.

En la playa, Genevieve esperaba junto a los guardas que sostenían la ropa de los participantes. Julen contó doce personas entre las que no estaba el joven rubio. Trató de buscarlo, pero la negrura del mar no le permitía ver nada. Genevieve los felicitó y les entregó las prendas con un gesto casi reverencial. Cuando le llegó el turno a Julen, lo evaluó de arriba abajo, aprobando su complexión con la mirada. Nunca se había sentido tan desnudo.

—Querido Julen —dijo con voz suave; posó una mano en su pecho y lo miró a los ojos—, sabía que lo conseguirías.

Le dejaron en su casa a las 7:30 de la mañana. El amanecer bañaba las siluetas de los montes, pero los edificios estaban aún oscuros. Comprobó aliviado que sus padres dormían, se dirigió a su habitación y se tumbó en la cama; ninguna montaña lo había extenuado hasta tal extremo. Decidió abrir Instagram. Al ver que no había actividad en sus publicaciones, se le ocurrió buscar algún rastro de Los Preparadores en Internet. Para su sorpresa, no halló ni una sola palabra, ni siquiera al introducir el nombre de Máximo y Genevieve. Frustrado, dejó el móvil y trató de dormir. Pero el sueño que lo acogió fue un tormentoso duermevela, interrumpido por espasmos y pesadillas. Las palabras de Máximo resonaban en su subconsciente.

Transcurrió una semana sin noticias de Los Preparadores. En esos días, el miedo y la adrenalina del salto se habían convertido en ardiente curiosidad y ansiosa necesidad de repetición. Consultaba el móvil a todas horas y los periódicos digitales en busca de menciones sobre algún acontecimiento extraño en Gorliz. Sus paseos diarios lo acercaban sin que se diera cuenta al Palacio Guridi. Pero siempre lo encontraba cerrado. Cada mañana, al despertar, y tras haber estado toda la noche soñando con La Escuela, Julen descubría decepcionado que seguía en casa de sus padres. Su habitación, un paisaje antinatural formado por objetos de sus viajes y recuerdos de su vida adolescente, le resultaba cada vez más opresiva. Tapices colombianos, dagas pastunes, reproducciones de mapas náuticos y varias máscaras rituales, como la del demonio rojo *Jab Molassie*, que compró en el carnaval de Puerto España, compartían gotelé con la bufanda del Athletic, la polvorienta colección de Tintín, la orla de graduación y un *collage* de fotos de la cuadrilla. Tras su regreso, había reemplazado algunas de las imágenes por otras tomadas a lo largo del mundo: paisajes que quitaban el aliento, compañeros de viaje, amantes ocasionales, y pintorescos lugareños de fenotipos exóticos. En todas las fotos posaba con el pulgar hacia arriba, un gesto característico de su amigo Peio, que adoptó en su memoria cuando falleció en un accidente. Al mirarla, tenía la impresión de que aquella lejana versión de sí mismo lo retaba, «¿todo OK?» parecía burlarse. Miró a su peluche favorito, un oso renegrido que aún descansaba sobre la cama, y supo que no podía seguir así.

Diez días después del salto, Julen recibió un escueto mensaje de WhatsApp convocándolo al Palacio Guridi. Esta vez, se encontraron en un aula de tipo escolar, con pupitres alineados frente a una pizarra y una lona para proyectar. Cada mesa tenía un folio, un bolígrafo y un *Moscow Mule* recién servido. Julen notó que, además del joven rubio, faltaban otras tres personas. El grupo se había reducido a cinco hombres y cuatro mujeres. Genevieve irrumpió muy enérgica y propuso un brindis que nadie pudo rechazar. Ese primer trago le hizo sentir que llevaba días deseando aquel sabor sin haberse dado cuenta.

—El deber de esta escuela —comenzó Genevieve al subir a la tarima—, es ayudar a las personas a desarrollar su mejor versión. Para ello, debéis despojaros de vuestro ego. No hay cosa que nos quite más a cambio de tan poco —sentenció.

Algunas personas asintieron tímidamente. En la clase reinaba un silencio admirativo, interrumpido solo por el rasgueo de bolígrafos frenéticos sobre el papel, y el tintineo de los hielos contra las tazas de latón.

—El deseo de reconocimiento es la peor esclavitud —prosiguió Genevieve, agitando las manos para enfatizar sus palabras—; todos esos frágiles emblemas de lo que creéis que define vuestra identidad, son la losa que os impide crecer. Un elegante, bien pulido y caro marco de nogal que encorseta la obra maestra de vuestra vida: un marco exclusivo, sí, pero que os impide explorar vuestros límites, acelerar y finalmente...

—¡Llegar! —completó el grupo al unísono.

A Julen le brillaban los ojos. Tenía la impresión de que Genevieve hablaba sobre él con más precisión y sinceridad que nadie. Ni siquiera sus padres, tan de otra época, con esas reservas para lo emocional, ni sus amigos, de toda la vida, adalides de aquella masculinidad trasnochada. Y tampoco sus novias, con las que, lo admitía, nunca había terminado de mostrarse del todo. Sentía que, por fin, alguien trataba de ayudarle a encontrar su camino.

Genevieve hizo un gesto a uno de los guardas y en la pantalla apareció una foto de dos mujeres vestidas de novia frente al ayuntamiento. Con el ramo intentaban protegerse de la lluvia de arroz.

—¡Esa soy yo! —gritó la mujer sentada al lado de Julen—. Y mi esposa, Valeria, el día de nuestra boda. ¿Cómo habéis conseguido...?

Un guarda la detuvo con una mano firme en el hombro para evitar que se levantara de la silla.

—¡Vivan las novias! —coreó Genevieve, levantando su taza, vigilante de que el resto hiciera lo mismo—. Amaia, Valeria parece una muchacha encantadora, pero no te comprende ¿verdad? Te has sentido muy sola desde la muerte de tu hermano, por eso estás aquí.

Amaia miró a Julen en busca de una reacción. Aunque su expresión era de incredulidad, en su rostro confundido, aflojado por el alcohol, ardía de una chispa de fascinación y entrega.

—Una preparadora no debe tenerle miedo a nada -continuó Genevieve—, nos programan para sentir miedo; miedo a expresar nuestras opiniones, miedo al fracaso, a la pérdida, al amor, a los demás, miedo a vivir... El único camino posible para superar el miedo es dinamitar aquello que nos sustenta y empezar de cero. —Se acercó a Amaia y la tomó del mentón para obligarle a mirarla—. Tu reto, querida Amaia, será divorciarte de tu mujer y confesar públicamente la existencia de, al menos, dos amantes en el último año.

El aula se llenó de susurros mientras Genevieve regresaba a la tarima.

—Pero si yo no... —trató de replicar Amaia, cada vez más intimidada.

—Creíamos que estabas dispuesta a hacer lo que fuera para convertirte en una Preparadora. Dime que no hemos desperdiciado todo este tiempo contigo —dijo Genevieve con fingida desilusión.

—Está bien, lo haré —respondió Amaia tras pensar unos segundos.

—¡Brindemos por Amaia! —proclamó Genevieve triunfante.

Un guarda acompañó a Amaia fuera del aula. En la pantalla, se proyectó otra foto y Julen sintió una sacudida en el estómago al reconocerse en el colorido mercado de *Mullick Ghat*, rodeando con el brazo a un vendedor y exhibiendo su habitual pulgar levantado. Quiso decir algo, pero se dio cuenta de que estaba borracho y que sus pensamientos funcionaban más despacio. Las palabras se desvanecieron en su mente antes de que pudiera pronunciarlas.

—Julen —intervino Genevieve con expresión maliciosa—, sabemos que tu identidad de viajero es muy importante para ti, pero un verdadero preparador, no puede dejarse limitar por un rasgo tan básico. Debe ser capaz de fluctuar, de mimetizarse, de romperse para renacer.

Las palabras de la mujer reverberaban en Julen. Su cuerpo estaba tenso y, al mismo tiempo, deseaba que nunca dejara de hablar: tal era su irresistible magnetismo.

—Por tanto, Julen, para poder avanzar en tu desarrollo, es preciso que convenzas a todos de que las historias sobre tus viajes son mentira. Una mentira para llamar la atención.

Y Julen aceptó el reto. Al fin y al cabo, no era más que otra aventura que lo pondría a prueba. Reunió a la cuadrilla y a sus padres en la taberna habitual, en Barrenkale, y ante la mirada atónita de todos, narró cómo había urdido cada historia, recluido en un *bed and breakfast* del Casco Viejo. Les habló sobre los montajes con *Photoshop*, los falsos *souvenirs* de Amazon, y la exhaustiva lectura de blogs de viaje que aportaban detalles creíbles a cada testimonio. Las reacciones fueron las esperadas: incredulidad, asombro, preocupación, algo de histeria colectiva. Pero lo que más impactó a Julen fue la indiferencia y falta de sorpresa de algunos de ellos. «¿Acaso nunca me han creído?», se preguntó alterado. Y se escabulló de la taberna con un hormigueo gélido en la nuca. Una especie de vergüenza lo nubló. Estaba convencido de que había perdido a sus amigos y a su familia, y si algún día confesaba la verdad, jamás entenderían la razón de semejante suicidio social. En ese momento, el inconfundible coche negro que siempre lo recogía, aminoró la marcha por la calle de la Ribera. Julen corrió hacia él sin pensarlo y se precipitó al interior. Dentro, encontró al guarda que conocía, la bebida que necesitaba y una sensación de nueva familiaridad que nacía en aquel preciso instante.

En los días siguientes, Julen evitó a sus conocidos. El móvil sonaba sin parar, pero lo apagó y se refugió en el piso de un bilbaíno que conoció en Barcelona. Aunque éste fue el único que no le preguntó sobre la urgencia de su mensaje, pronto se mostró incómodo por su presencia y lo echó. Julen pasaba las noches en vela, obsesionado con la próxima vez que vería a Genevieve y a Máximo, sintiendo una extraña satisfacción en la destrucción de su vida. El nudo del cuello aflojándose por fin. Empezaba a estar convencido de que nunca había salido de Bilbao y que los recuerdos del último año eran una distorsión de su mente enferma necesitada de una cura. Pero lo peor, sin duda, era despertarse empapado, temblando, con la garganta ardiendo de sed e implorando el sabor amargo del *Moscow Mule*.

Al cabo de una semana, volvieron a reunirlos. Para entonces ya solo había dos mujeres y tres hombres. Julen se sentó junto a Paula, una mujer alta y atlética, que ese día tenía los brazos largos y la espalda encorvada. No se atrevió a preguntarle lo que había tenido que "romper" para renacer.

—"Si aceleras, llegas"... —dijo Paula a modo de saludo con voz cansada. Tenía la mirada vacía y saliva espesa acumulada en las comisuras.

—"Si aceleras, llegas" —repitió Julen por inercia. Genevieve, erguida sobre la tarima, comenzó a hablar:

—Me da pena la gente que lucha sin sentido.

Uno de los hombres rompió a aplaudir con entusiasmo. Genevieve sonrió altiva.

—Pelean contra lo trivial hasta desfallecer, olvidando que pueden ser mejores si asumen su destino y luchan en la dirección correcta. ¡Brindemos por no ser esas personas!

Julen tuvo que pedir otro *Moscow Mule*; el primero se lo había pulido de un trago. Aquella tarde, los cócteles estaban muy cargados y Genevieve muy persuasiva. Aunque mantenía las formas refinadas del principio, mostraba mayor autenticidad y apasionamiento en sus palabras. Cuanto mayor era su entusiasmo, más evidentes se hacían los restos de su lengua materna. La vibración de las eses, suavizadas, cosquilleaba los oídos de Julen y le adormecía la garganta. Con la piel erizada y el cuerpo desmadejado sobre el pupitre, se entregaba a ella, al tiempo que buscaba el tacto húmedo de la copa. Su rostro reflejaba paz, devoción, tranquilidad. Tenía las pupilas tan dilatadas, que apenas quedaba rastro del iris marrón. Con cada frase, sentía que La Verdad se desplegaba ante él.

—¿Y cuál es la dirección adecuada? Esa es la pregunta que Los Preparadores aspiran a responder. El sistema nos engaña haciéndonos creer que todas las personas valemos por igual, y por eso la gente está confundida, siguiendo las indicaciones de un mapa equivocado. Como Preparadores, es nuestro deber alterar, reajustar, y, si es necesario, redirigir lo que se considera "justo" y "democrático", para avanzar hacia un orden superior, que responda definitivamente a las necesidades de la raza humana. ¡Adelante, Preparadores! ¡Brindemos por nuestra misión!

A Julen le ardían las palmas de aplaudir.

De las siguientes semanas apenas recuerda algunos momentos. Tras el último encuentro, cree que fue con Paula a un hospital donde, guiados por un enfermero, intercambiaron muestras de sangre entre pacientes, y que Genevieve le despeinó cariñosamente el pelo cuando supo de su éxito. Es posible que, después de esa primera excursión, alguien le facilitara la entrada en la sede de una gran empresa, donde realizó una copia del disco duro de un ordenador, haciéndose pasar por informático. Esta vez, juraría, que fue el propio Máximo quién recibió el botín en persona. Sospechaba que, durante varios días, ayudó a otros a manipular los resultados electorales de un municipio industrial, para apoyar la candidatura de un alcalde con cuyo nombre rebautizaron el salón de actos del Palacio Guridi. A veces, aún notaba dentro del bolsillo el peso del fajo que entregó a un policía en algún bar, y el pegamento seco de la barba postiza que se anduvo rascando del mentón. Sin embargo, distinguir lo que era real y lo que no, era imposible para Julen. Ni siquiera sabía de dónde provenían aquellas imágenes de montañas e islas paradisíacas que lo asaltaban. Lo poco que Julen podía asegurar, era que rehuía de sus conocidos, y que eso le había llevado a ocultarse de cada coche patrulla, y a cambiar varias veces de pensión. Pensiones que no sabía quién pagaba, ya que hacía días que no encontraba su cartera. Que se había convertido en costumbre recibir un termo de *Moscow Mule* por la mañana y otro por la noche. También, que, con toda probabilidad, lo habían despedido por no presentarse a tiempo tras la excedencia, y que, sin importar dónde estuviera, siempre se sentía vigilado. Ahora que no le quedaba nada más, el miedo a fallar y ser expulsado de Los Preparadores, lo aterrorizaba.

El día del último reto, Máximo recibió en el salón de actos del Palacio Guridi a los dos únicos hombres que seguían asistiendo a las reuniones: Ignacio, un tipo robusto con los párpados tan hinchados que parecía imposible que pudiera ver, y Julen, apenas sesenta kilos de ansiedad y sudor. El líder acogió entre las suyas las temblorosas manos de ambos y, señalando a Julen con su dedo enjoyado, dijo:

—¿Ves? Estaba seguro de que lo tenías. ¡Bien hecho, chaval! —La palmada en la espalda casi lo derriba.

El salón estaba sumido en aquella oscuridad tan protectora. La única iluminación provenía de los letreros que señalaban las salidas de emergencia. Para las sensibles pupilas de Julen, aquellos reflejos eran tan cegadores que tuvo que cerrar los ojos para protegerse. Al abrirlos, una mancha roja que refulgía con los destellos verdes de los carteles, atrajo su atención. Reconoció de inmediato los inconfundibles ojos amarillos, la boca abierta, mostrando dos filas de dientes afilados, y aquellos cuernos, largos y retorcidos que parecían alargarse hacia él. «Jab Molassie», murmuró, sintiendo cómo subía la lividez a su rostro. Sabía que aquella careta monstruosa debía estar colgada en la pared de su antigua habitación, y sin embargo, ahí estaba, suspendida sobre un cuerpo que, a pesar de la confusión mental en la que se encontraba, identificó al instante. Sus gestos, su altura, la punta de los largos tacones asomando bajo la pernera del pantalón de traje: era Genevieve.

La mujer se mecía al compás de una instrumental hipnótica, tejida de ecos guturales que se vertían a través de los altavoces sin cesar ni un segundo. Nada tenía que ver con aquel rock desinhibido de la primera vez. Julen intentó acercarse a ella pero sus piernas, débiles, le fallaron y cayó pesado sobre uno de los asientos. Genevieve se alejó impasible, oscilando la terrorífica máscara en el aire, avanzando con una ligereza inquietante, como si no tocara el suelo.

Los camareros trajeron enseguida los *Moscow Mule* que, en la versión de aquella noche, se servían en un continente más hondo y de boca más ancha, como un antiguo cuenco tibetano. Tras varios intentos, Julen introdujo la larga pajita en su boca y sorbió con ansia. Todos los músculos se le relajaron. La música dejó de sonar y el escenario se iluminó con potentes focos. Máximo subió de un salto, acompañado por un golpe orquestal, y la atmósfera se volvió eléctrica, como la primera vez. A Julen se le desbocó el pulso ante la imagen de aquel líder nato, pero tenía el cuerpo tan anestesiado que apenas podía sentir las palpitaciones. Sus extremidades yacían pesadas e inmóviles, como atrapado en un sueño. Máximo se golpeó el pecho y el resto del salón lo imitó, emitiendo un murmullo colectivo que se transformó en proclama: "si aceleras, llegas".

—Os doy la bienvenida —dijo acallando a la muchedumbre con un gesto—. Esta noche es muy especial, pues gracias al duro trabajo de mi esposa Genevieve, podremos acoger a los dos nuevos Preparadores de nuestra escuela. —Estalló un aplauso enardecido—. Sin embargo, hoy es también un día triste... Nuestra organización ha estado a punto de ser destruida por la traición de un antiguo aspirante. —El público exclamó un sonoro descontento—. No os preocupéis —trató de apaciguar—, será juzgado. Traedlo.

Dos guardas arrastraron a un joven esquelético, esposado de manos y pies, que se estremecía. Solo llevaba unos pantalones. Era él. Aquel muchacho de pelo rubio casi transparente. Temblaba como una hoja y miraba a su alrededor, confundido, deslumbrado por los focos. El público emitió un hondo abucheo, silbidos, y alguien arrojó un envase de latón que impactó contra su cabeza.

—He aquí al hombre que pudo ser el final de nuestra escuela, que quiso acudir a las autoridades para hacernos desaparecer. —Le puso una mano displicente sobre las puntiagudas vértebras; el joven estaba aterrado—. Haré con él lo que la mayoría decida. Pónganse en pie, damas y caballeros, si están en contra de sacrificarlo.

Parte de los asistentes se levantaron.

Ese término "sacrificarlo" impactó en algún rincón de la mente de Julen. Se revolvió costosamente en el asiento y los sollozos del chico, amplificados por la acústica del escenario y el silencio, quebraron algo en su interior.

—Muy bien, que se levante ahora quien considere que salvaguardar nuestros intereses y vengarnos de quien ha tratado de destruirnos, es lo correcto. ¿¡Quién está a favor de castigar a este hombre con la muerte!? —Las palabras de

Máximo sonaban borboteantes. Una sonrisa sádica se le coló en el rostro al ver que, antes de terminar la frase, más de la mitad del público estaba en pie. Algunos tenían los brazos en alto, clamando venganza, profiriendo gritos e insultos hacia el joven. Otros, más comedidos pero conformes, aguardaban el veredicto con impaciencia. Julen, que llevaba semanas sin poder sentir nada, observando sus emociones como si se encontrara siempre al final de un túnel, fue alcanzado por una ráfaga de terror. Se giró por instinto hacia su compañero y lo vio también en pie. El *Jab Molassie* apareció frente a él con inercia fantasmal y sus manos cortas pero firmes, lo levantaron. La expresión desbocada de la bestia, deformada entre las sombras de un frenesí de maldad, lo obligaron a aferrarse al asiento como si estuviera cayendo al vacío. Pero, en ese momento, sucedió algo extraordinario. En los laterales de los ojos, comenzaron a proyectarse los rostros de su padre y de su madre, y el de su abuela, por la que Julen había sentido un gran afecto. También aparecieron los de la gente de la cuadrilla, riendo de buena gana primero, y desencajados después, rotos de dolor en el funeral de Peio. A continuación, las expresiones risueñas de sus tíos y tías en las navidades de 2001, las últimas que pasaron juntos. Tras ellos, el pekinés de orejas lisas y hocico corto de su primo, cuyos ojos negros se transformaron en los de la lubina que pescó en Gorliz con 9 años y luego, en los de la señora a la que se aferró cuando se perdió en aquellos grandes almacenes de bricolaje. Los labios que besó por primera vez, rojo de vergüenza, al salir del cine, dieron paso a las decenas de caras que había visto en sus viajes, algunos personajes mitológicos y actores de Hollywood que admiraba. Las caras permanecían un instante frente a él, salvándolo de la horrible visión del demonio, y después mudaban a una nueva imagen. Julen pudo ver que, en el fondo, todas eran la misma cara: la suya propia.

Sus labios se contrajeron en una mueca de angustia y rabia. Apretó un puño crispado por la renovada electricidad que avanzaba en su cuerpo. Balbuceó unas palabras pero su voz aún estaba lejos. Volvió a intentar gritar, esta vez su compañero lo escuchó. Por fin, emitió un bramido con una voz desconocida que enmudeció a todos los presentes. Máximo lo escuchó desde el escenario y clavó sus ojos en él. Su expresión era fiera, puro goce desatado.

—¿Qué dices?—le preguntó con sorna.

—¡No vais a matarlo! —gritó Julen con claridad.

Aquel esfuerzo asfixió al joven que emitió una pesada respiración. Máximo comenzó a aplaudir con teatralidad.

—Por fin, muchacho, bienvenido.

Todo el salón rompió a gritar, a reír. El alboroto era ensordecedor. Unos haces luminosos crepitaban frente a los ojos de Julen, sintió que una mano lo enganchaba de la ropa y lo sumergía en la tierra profunda y oscura. Cayó al suelo. Antes de dejarse vencer, vio una última vez aquella mueca brutal del *Jab Molassie*, de cuya boca enfurecida manaban las tinieblas que lo engulleron.

***

Se despertaba todos los días en aquel lugar paradisíaco, donde el viento acariciaba la pradera y le traía el olor de los fardos de heno, y el canto de los gallos. Ya no tenía la necesidad de regresar a ninguna parte. Por fin había llegado a casa atravesando el campo de trigo dorado, pero a diferencia del final de aquella película, en lo alto de la loma, no esperaban una mujer y un hijo muertos, sino un pequeño grupo de personas entunicadas, que abandonaban cualquier labor cuando lo veían enfilar el camino de grava.

La noche en la que se jugó su propia vida por un muchacho al que no conocía, apenas consciente en el límite de la manipulación psicológica y química, Julen demostró la sólida determinación de los grandes líderes espirituales: se había convertido en un Preparador. Aunque a veces le asaltaban dudas acerca de los métodos brutales de La Escuela, lo que vivió le hacía merecedor indiscutible de la Verdad. Desde entonces, había tenido la oportunidad de conocer a muchos líderes viajando, como tanto le gustaba, hasta encontrar un lugar en el que pudo establecerse y predicar para todo el que quisiera escucharle.

Aquella mañana, tras supervisar las tareas de construcción de los nuevos *bungalows*, se dirigió a la cabaña que utilizaba como despacho. Era una estancia diáfana, casi vacía, decorada con los enormes retratos de Máximo y Genevieve. En el centro, una mesa de escritorio y un pequeño portátil lo esperaban. Se sentó en la silla colocándose la túnica, abrió Instagram y leyó entre sus publicaciones, el siguiente comentario:

@InspireWithMaya: *Conocer la visión transformadora de Julen Molassie me ha cambiado la vida y ha liberado mi mente y mi alma. Gracias a él, he comprendido la realidad: el verdadero viaje es hacia el interior.*

Llamaron a la puerta: era un camarero con esmoquin que portaba una bandeja. Sobre ella, una taza de latón que le tendió con modales serviles. Julen pegó un sorbo y degustó el líquido.

—Está perfecto, sírvanlo —ordenó.

www.bizkaia.eus/argitalpenak

Egizu *match*

Elena Fernández Alonso

Egizu *match*
Amaia Lekunberri Ansola
Lehenengo saria

Egizu *match*, Andoni!
Eneritz Leniz Larrabaster
Bigarren saria

App-en sarean korapilatuta
Beatriz Salas Sierra
Hirugarren saria

Bizkaia
foru aldundia
diputación foral

© Elena Fernández Alonso, 2024
© Amaia Lekunberri Ansola
© Eneritz Leniz Larrabaster
© Beatriz Salas Sierra
© Bizkaiko Foru Aldundia

Edizioa: Bizkaiko Foru Aldundia
            Euskara, Kultura eta Kirol Saila

Lehenengo edizioa: 2024ko azaroa

Azala: Mikel Apodaka
Diseinua: Álex Oviedo

ISBN: 978-84-7752-752-7
LG: BI 1482-2024

www.bizkaia.eus/argitalpenak

«ESTA HISTORIA LA ESCRIBES TÚ JARRAITZEKO PREST? ORAIN ZURE TXANDA DA» LELOA DUEN BIZKAIDATZ 2024 XVI. LITERATURA SARIA

Hamaseigarren Bizkaldatz Literatura Sarian, euskarazko kontakizunen modalitatean, Elena Fernández Alonso, Idoia Barrondo Etxebeste eta Andoni Abenójar Martínez de Eulate osatutako epaimahaiak Elena Fernández Alonso idazlearen "EGIZU *MATCH*" izenburuko kontakizunaren jarraipena diren lan hauek saritzea erabaki du:

Lehenengo saria,
AMAIA LEKUNBERRI ANSOLAren
"EGIZU *MATCH*" obrari.

Bigarren saria,
ENERITZ LENIZ LARRABASTERen
"EGIZU *MATCH*, ANDONI!" obrari.

Hirugarren saria,
BEATRIZ SALAS SIERRAren
"*APP*-EN SAREAN KORAPILATUTA" obrari.

Eta hala jasota gera dadin, honako hau sinatu dute, Bilbon, 2024ko urriaren 23an

AURKIBIDEA

Egizu *match*

Elena Fernández Alonso

ELENA FERNANDEZ ALONSO, O.H.Oko irakaslegoan diplomatua, eta Hizkuntza eta Literatura gradu bat kurtsoan. Zenbait sari jasoa: "BizkaIdatz, esta historia la escribes tú"-2014 lehiaketan lehenengo saria, gaztelaniaz. Euskaraz, bi aipamen: "Gora Gasteiz 2015 contra el racismo" eta "Otxarkoagako Mugarik Gabeko XIV. Haur Ipuinen Lehiaketa 2016"-n finalista. Argitalpenak: "Gosea asetzeko zortzikoa", *Ezkerraldeko ipuinak* bilduman. Eleberriak: *Gerezi mingotsak, Inpostorea* eta *Olatu hilak* (itzulpenak), jatorrizkoa erderaz.

Nire urtebetetze egunean bertan adinaren krisiak jota nengoela konturatu nintzen. Batbatean, amatasuna izurri kutsakor bat bezala hedatu zen nire inguruan, kontrolik gabe. Egun horretan, hamarkada berrira-ko sarrera ospatzeko plan guztiak pikutara joan ziren. Arazo ezberdinak zeuden baina guztiak nire lagunen seme-alabekin lotuta. Aitzakien artean, alaba urtebetetze festa batera eraman behar izatea; larrialdietara bidaia bat, semeari sukarra ez zitzaiolako jaisten; eta horrela, deprimituta utzi ninduten beste hainbat arrazoik. Orduan, egoeraren larritasunaz ohartu nintzen.

Lagunekin harremanari eusteko modu bakarra haiekin eta haien seme-alabekin parkean arratsalde pasa egitea zen. Zer edo zer asmatu behar nuen horri buelta emateko, baina

familiatik kanpoko jardueren proposamenak bertan behera gelditzen ziren beti. Laburbilduz, ezinezkoa zen gure artean helduen elkarrizketa bat izatea edo haurrez jositako inguru horietatik kanporatzea. Pixkanaka-pixkanaka urruntzen joan ginen. Noizean behin, kortesiazko dei bat egiten genion elkarri, eta inoiz betetzen ez ziren promesak.

Egia da, elkartzeko saiakera bat baino gehiago egin genuen. Hala ere, ez genuen lortu eta aurrera egin nuen nire kabuz. Zailtasun handiak topatu nituen bidean, ez baitzen erraza izaten antzeko interesak zituen jendearekin bat egitea. Eta hori gutxi zela, parrandaz irteten nintzenean lekuz kanpo sentitzen nintzen, nire adineko jendeak gauez ibiltzeko eskubidea galdua balu bezala.

Kezka horiek neure lankideekin partekatu nituenean, berehala ulertu ninduten. Leirerekin nuen harreman estuena. Honek enpresako kide ohi batekin hitzordu itsu bat antolatu zidan, niretzat aproposa zen pertsona interesgarri eta umoretsu horrekin. Behin eta berriz esanda, azkenean baietz esan nuen. Arratsalde pasa besterik ez balitz ere, azken asteetako asperdura uxatzeko balioko zuen.

Ostiral horretarako topaketa adostu ondoren, erosketetan joan nintzen pozez gainezka. Denda askotan sartu arren, ez nuen neure burua ezerekin ondo ikusten eta apur bat zapuztuta itzuli nintzen etxera. Eguna iritsi zenean, eroso sentitu nahian, geratuak ginen tabernara garaiz ailegatu nintzen. Ezin dut jasan ohituraz beti berandu etortzen den jendea. Beraz, pixka bat itxaron nuen, ezbeharren bat gertatu ote zitzaion jakiteko; gero mezu bat bidali nion, eta erantzunik jaso ez nuenez, oso haserre egin nuen alde.

Etxera bueltatu nintzen, umorea ozpinduta. Nirekin horrela jolastu zezakeela uste al zuen?

Leireri galdezka deitu nionean, harritu egin zen; arraroa iruditu zitzaion azalpenik eza. Biharamunean, barkamena eskatu zidan jakin zuenean mutila azkenengo unean izutu egin zela. Horrek lelo samar sentiarazi ninduen hurrengo egunetan. Ni, faltsukerien beldurra ligatzeko *appez* fidatzen ez nintzen arren, porrot horren ostean iritziz aldatu nintzen. Orduan, horietako batean profil bat sortzea erabaki nuen, pertsona berriak aurkitzeko leku ona izan zitekelakoan. Dena den, mundu ezezagun horretan sartzearen beldur nintzenez, lankideen babesa bilatu nuen.

—Denek gauza bakarra nahi dute: sexua —esan zuen haietariko batek—. Harrapakarien eta pertsona arriskutsuen mundua besterik ez da.

—Ez egin kasurik —luzatu zidan beste batek—. Orokorrean, jende jatorra dago. Agian, gauzarik txarrena, ezagun asko topako dituzula, baina hori kudeatzen ikasi beharko duzu. Beitu, nik neure bikotea horrela ezagutu nuen eta bi urte daramagu elkarrekin.

Horrek lasaitu egin ninduen. Leirek kontatu zidan moduan, lankideen artean *app* horien erabiltzaile bat baino gehiago zegoen, nahiz eta batzuek ukatu. Haietako bat isilean ibili nahi izan arren, profileko argazkian ezagutu zuten. Beste batek laneko batekin *match* egin zuen; eta beste batzuek gehiegi zekiten *app* horiei buruz. Leire irrikan zebilen niri lagundu nahian; bere iritziaz gain, besteena ezagutu nahi nuen, eta aholkua eskatu nien.

—Argazki faltsu bat argitaratzen badu, ez fidatu —aho

bateko erantzuna izan zen—. Eta zintzo jokatu, zuk ere hori eskatzen badiozu beste pertsona horri.

Iritzi guztiak kontuan hartuta, zereginari ekin nion. Arratsalde batean, sofan eserita, aplikazioa jaisteko tarte bat hartu nuen eta neure profileko informazioa ondo biribiltzeko. Bereziki, nire argazki egoki bat aurkitu nahi nuen, lehen zirraren garrantziaz eta nire izaera ez oso fotogenikoaz jabetuta. Lotsa gainditu ostean, eta lankideen hitzak oraindik gogoan nituela, argazki faltsuak erabiltzea baztertu nuen. Besteengandik zintzotasuna espero banuen, horrela jokatu behar nuen.

App horretan nire profila sortzeko orduan, arretaz aukeratu nituen neure ezaugarriak, zer-nolako irudia erakutsi nahi nuen. Handik aurrera, nire bizitzaren zati bat publiko egingo zen; beraz, datu intimoak niretzat gordeko nituen. Eta azkenik, *app* horren erabilera ondoegi ezagutu gabe, harreman birtualen munduan nabigatzera ausartu nintzen.

Harritu ninduen lehenengo gauza zera izan zen, *like* asko jaso nituela neure kontua martxan jarri bezain laster. Hain urduri nengoen, non pantaila ezker-eskuin pasatzen hasi bainintzen, tartean *match*-ak egiten ari nintzela konturatu gabe. Akatsaz jabetu nintzenerako, interesatuen mezu batzuk nituen zain, eta kopuru handiak gaindituta, aukerak zorrozteko iragazki gehiago gehitu nituen. Niretzat hizkuntzak garrantzi handia zeukan; beraz euskara iragazki gisa sartu nuen. Zerrenda zentzuzko kopuru batera murriztu ondoren, errazago egin zitzaidan egoera kudeatzea. Hala eta guztiz ere, deigarria egin zitzaidan gehienen profilaren

antza, gehienek furgoneta zuten eta zaletasunen artean eskalada, eskia eta *crossFit*-a nabarmentzen ziren.

Egia ote zen? Erantzunak lortzeko joku horrekin aurrera egitea modu bakarra zen.

Ausardia falta gainditu eta interesatuen baheketa egin ondoren, horietako bat aukeratu nuen. Begiratu batean interesgarria zirudien. Handik gutxira neure lehenengo hitzordua izango nuen, ni baino dexentez gazteagoa zen furgonetadun batekin.

Azkenean eguna iritsi zenean, oso urduri jaiki nintzen. Leireren jarrera babesgarriak ez zuen lagundu; aitzitik, nire urduritasuna areagotu zuen. Segurtasun neurriei buruzko aholkuak eman zizkidan, espioi misio batera joango banintz bezala. Hala eta guztiz, kasu egin nion. Leku publiko bat aukeratu nuen, eta Leireri mezu bat bidali nion hitzorduaren lekua eta ordua jakinarazteko. Arratsaldeko zazpietan alde zaharreko taberna ezagun batean. Azkenik, zortzietan deituko zidan dena ondo zihoala ziurtatzeko.

Hasieratik haren estiloa eta orrazteko era gustatu zitzaizkidan eta, kasu honetan behintzat, bere profilean esandako guztia egia zirudien. Horrek aurrera segitzeko adorea eman zidan, eta garagardo pare bat hartu genuen apur bat elkar ezagutzeko. Laster konturatu nintzen berarekiko elkarrizketak ez ninduela batere asetzen. Handik gutxira, Leireren deia jaso ostean, agur esan nion.

Lehen porrota izan arren, ez nuen etsi eta profil desberdinetako pertsonak bilatu nituen; hau da, ez hain gazteak, ez hain hiztunak, serioagoak, eta halako zerrenda luze bat, haiengandik urruntzera ninderaman akatsen bat

aurkitzen nien arte. Bide horrek inora eramango ez ninduela ikusita, amore eman eta *app*-en mundu hori baztertu nuen.

Neguko arratsalde batean paseoan irten nintzen, egurastera. Autoa hartu eta Gaztelugatxe aldera jo nuen, aspaldi haraino hurbildu gabea bainintzen, ideia ona iruditu zitzaidan. Euria azken ordurako iragarrita egon arren, sasoiz egongo nintzen bueltan. Gainera, berrehun eta berrogeita bat eskailera maila horiek igo eta jaitsi ostean, ondo lo egingo nuen.

Egia esan, orduak oso arin igaro ziren, eguraldiaren aldaketaz konturatu gabe. Bat-batean, zerua ilundu egin zen, eta indar handiko haizea zebilenez, ospa egin nuen euri zaparrada saihesteko. Etxerako itzuleran egundoko ekaitzak harrapatu ninduen; euri zaparrada handia bota zuen eta autoaren haizetako-garbigailuak ez ziren aski. Egoera horretan ezinezkoa zen zuzeneko norabidea ikustea. Orduan, GPSaren jarraibideei kasu eginez, eskuinera biratu nuen lehen desbideraketan. Laster okerreko bidetik nindoala konturatu nintzen, baina bidea buelta emateko estuegia zen eta aurrera jarraitu nuen, harik eta gurpil bat putzu batean sartu zen arte, eta kotxea erabat hondatuta gelditu zen.

—Falta nuen bakarra —pentsatu nuen.

Autoa berriz martxan jartzen saiatu nintzen, baina, kontaktua piztu eta azeleragailua sakon zapaldu ostean, gurpilak lokatzetan trabatuta segitzen zuen. Ez nuen lortu.

Motorra itzali nuen autoa erabat itoarazi aurretik. Irtenbide bat lehenbailehen aurkitu behar nuen, egoera gero eta larriagoa bihurtzen ari zelako. Guztiz ilunduta zegoen, eta ni, ekaitzaren pean mendi puntan galduta. Horrek

guztiak arazoak besterik ezin zuen ekarri, izoztuta hiltzea barne. Hotzikara bat sentitu nuen estaldurarik gabe nengoela pentsatze hutsarekin, telefono konpainia merke horietako bat bainuen. Horrela izanez gero, akabo. Dardarka hasi nintzen, eskua poltsan sartu nuen eta segidan mobila atera. Arnasa hartu nuen: estaldurak bi marra zituen.

Kotxeko guantera zabaldu eta aseguruaren paperak atera nituen, mobilaren linternaz lagunduta. Dena oso arin egin nuen bateria barik gelditzeko beldurrez. Arreta zerbitzura deitu nuen hogeita lau orduko zerbitzua eskaintzen zutela jakinda. Erantzungailu batek aukera ezberdinak azaltzen zizkidan bitartean, neure bizitza makina baten eskuetan zegoela konturatu nintzen. Azkenik pertsona batek erantzun zidan.

—Gurpil bat lokatzetan sartuta dago eta ezin dut kotxea atera —azaldu nion bulegariari—. Mesedez, etorri lehenbailehen hotza jasanezina baita.

—Teknikariari emango diot ezbeharraren partea, baina ekaitzak eragindako istripuak direla eta, gure pertsonala topera dabil. Patxadaz hartu beharko duzu, oso lanpeturik daude eta.

—Mesedez, kontuan hartu mendi erdian galduta nagoela, ekaitz madarikatu baten pean, horrek sorrarazten dituen arriskuekin.

—Bai horixe! Baina zuk ere ulertu behar duzu beste asko daudela zeure egoera berean. Dena den, ahalik eta lasterren egongo dira zurekin.

Hitza eman zidan arren, ez nuen oso kezkatuta

ikusi. Ez, ni bezainbeste, behintzat. Pertsona horrentzat, desesperatu bat gehiago besterik ez nintzen. Ez zidan lehentasunik emango. Horrek esan nahi zuen neure kabuz bilatu beharko nuela irtenbide bat, egoera horretatik onik atera nahi banuen. Mota guztietako arriskuak imajinatu nituen. Besteak beste, basurdeak. Inguru horretan lasai asko bizi ziren eta askotan herrietara jaisten ziren janari bila; beraz, ez zen ideia ona ni haien bidearen erdian egotea. Horrez gain, euria egiten horrela jarraituz gero, uholde bat gerta liteke eta urak eraman nintzake.

Lagunei deitzea alferrikako lana zen: ziurrenik oso lanpeturik ibiliko ziren eta nahiago nuen haien aitzakiak ez entzutea. Minduta aterako nintzen. Bestelako ezagunak konpromisoan jarriko nituen. Poliziari deitzea ere bururatu zitzaidan, baina egoera horretan lanpeturik ibiliko ziren. Zer esanik ez, suhiltzaileak eta babes zibilekoak. Guztiak gainezka ibiliko ziren, eta gainera, garabi falta ere egongo zen, denboralearen eraginez abisu asko egongo baitziren.

Zer edo zer egin behar nuen, egoera larria izaten hasia zelako. Kotxe barruan babestu nintzen zarata arraroak entzun nituelako, eta bat-batean ideia bat izan nuen, arriskutsua bezain burutsua. Alde onak eta txarrak balioetsi ondoren, ez nuen erabakia argi ikusten, baina ez neukan beste irtenbiderik. Abian jarri nintzen. Hilabete neraman aplikazio hori erabili gabe eta ez nekien oraindik martxan ba ote zebilen ala ez. Eskerrak pasahitza gordeta neukala. Nire pozerako, berehala zabaldu zen. Arraro samar sentitu arren, berriro mundu horretan murgiltzeko eta iragana ahazteko prest nengoen.

Aplikazioa zabaldu nuenean, pozik egiaztatu nuen jende berri asko zegoela. Profilak banan-banan aztertu ahala, hurbiltasunari garrantzia ematen nion. Besteetan ez bezala, oraingo honetan berdin zitzaidan hautagaien itxura fisikoa, guapoa edo itsusia bazen; berritsua edo isila bazen; zelako interesak zituen edo bere adina. Ahalik eta hurbilen zegoen norbaiten arreta erakartzea zen helburua. Etsi-etsian, nire kokalekutik kilometro gutxira agertzen zitzaizkidan guztiei *like* ematen hasi nintzen. Itxaropentsu gelditu nintzen kotxe barruan, baina hotza gero eta biziago nabaritzen nuen.

—Egizu *match*! —esaten nion neure buruari, atzamarrak gurutzatuta.

EGIZU *MATCH*

Amaia Lekunberri Ansola
Lehenengo saria

AMAIA LEKUNBERRI ANSOLA. (1989, Markina-Xemein). Litera-turazalea. Gabriel Aresti Ipuin Lehiaketaren XXXIV. edizioan sari na-gusia jaso zuen *Ezkontza* narrazioarekin, eta aipamen berezia Iurretako XIV. Ipuin Lehiaketan *Naufragoa* lanarekin. Kazetari gisa, finalista izan zen XXXIV. Rikardo Arregi Kazetaritza Sarietan

19

*L*ike. *Like. Like. Like. Like. Like. Like. Like. Like. Like. Like. Like. Like. Like. Like.* Ezkerretik eskuineranzko koreografia errepikakorrean, irristari zebilkidan hatz potoloa telefono mugikorraren pantailan. Errepideko laguntza zerbitzuan konfiantzarik batere gabe, esperantza guztiak ligatzeko aplikazioan jarriak nituen. Egoera hartatik onik aterako banintzen, esku artean nerabilen zerrendako gizonkote bati esker izango zen. Bai, ondo aditu duzue. Aitortzeak lotsagorritzen banau ere, denborazko eta espaziozko distantzia honetatik neuri ere erridikulu begitantzen zaidan arren, momentuan sinesmen hari oratu nion gogor: egingarriena aplikazio bidez norbaitekin konexioa egitea zen, norbait hori gerturatu zedin nengoen tokira eta lagundu ziezadan autoa lokatzetatik ateratzen,

berriz ere etxera martxan jartzeko eta atzean uzteko paraje galdu hura, inguratzen ninduen iluntasun geldoa, eta bertan ataizean egon zitekeen edozein balizko arrisku. Tremendista zer naiz ba gero. Ez zitzaidan burutik pasa ere egin bilatzailean kontsulta egitea, ezagutzeko zein modu dauden lokatzputzu batetik kotxea ateratzeko. Kuriosoa, kontuan hartuta oso ohikoa dudala sarea arakatzea neure buruari egiteko begiz jotako orrazkera bat, edo bilatzeko atzerrian jandako plater goxo hura kozinatzeko behar dudan errezeta, edo dena delakorako. Denboran atzerantz gehiegi bota beharrik gabe, bezperan bertan paretako hezetasunak ezabatzen aritua nintzen interneten aurkitutako tutorial bateko azalpenak jarraituz. Maiz pentsatu ohi dut jendearen onberatasunaren eta eskuzabaltasunaren adierazle dela sarea gisako edukiz gainezka egotea; hirugarren pertsona bati lagungarri suerta dakiokeelakoan, ezin konta pertsonak lana hartu badu zeozeren inguruko azalpena era ulerterrazean landu eta sarera igotzeko, mundu hau ez da batzuk pintatu nahi dutena bezain etsaitasun girokoa, hain arriskutsua. Dudarik gabe, Sollubeko magalean kieto geratu nintzen hartan ezin hobeto letorkidakeen perspektiba litzateke, baina esan dizuedan modura, nire gogoak beste zeharbide batzuetatik jo zuen ordukoan.

Irudikatu ere ez nuen egin neure burua autoarekin lotutako arazo bat konpontzen. XXI. mendeko ene logikak, ez gutxitan aurreratutzat jotakoak, erabat ezgaitu ninduen pneumatikoak basatzatik ateratzeko. Horretarako, bai ala bai, salbatuko ninduen norbait behar nuela deduzitu zuen nire gogamenak. Gizon bat, zehazki. Marka da gero. Ezagun

da beldurra norbere burua ataka larrietatik ateratzeko erregai indartsua izan daitekeela, baina erne, ez da hala beti; burua hotz mantendu ezean, neroni martxoko iluntze hartan gertatu bezalaxe, izuak zentzugabekerirantz bultzatu dezake bat, itsumustuan. Lepoa moztu dioten oilo batek bururik gabe beste zenbait metro korrika jarraitzen duen era bertsuan.

Momentuan, baina, aplikazio bidez laguntza bilatzearena arrakasta izan zezakeen plana iruditu zitzaidan. Estratega sentituz, *App*-eko azkoinaren ikonoa sakatu eta bilaketa egokitzeko doikuntza parea egin nituen: adin-tartea nabarmen zabaldu, eta distantzia ahalik gehien mugatu, beti ere motz gelditu gabe. Bilaketa radarra inguruko baserri solteetatik harago bidali beharko nuen aukerak hutsera murriztu ez zitezen, bospasei kilometro bai behintzat, Bakio eta Mungia, inguruko eremu populatuenak, barne hartzeko. Zazpi kilometroko itzulinguruan bilatzeko agindu nion aplikazioari. Adinari zegokionez egindako doikuntzak buruko min gehixeago eman zizkidan. Profila egin nuenean 35 eta 50 urte artean kokatu nuen marjina, ni baino bost urte gazteagoetatik hasi eta hamar urte nagusietaraino. Langa 30 urteak arte jaitsi ala ez, zalantza egin nuen: "Ni baino hamar urte nagusiagoa den tipo batekin harremanak izateari egoki baderitzot, zergatik izan beharko luke desegokia ni baino hamar urte gazteagoa den batekin harremanak izatea?", ihardetsi nion neure buruari behin baino gehiagotan. Bakoitzak bere aldetik, kontrako noranzkoan egiten zuten tira desirak eta moralak, eta soka-tira horretan bigarrenak irabazi zuen azkenean. Beste behin ere. Arestian erabilitako soka hark

ez zuen balio, ordea, egoera berrirako adin-tartea xedatze-
ko, Bizkaiko kostara bideko mendiko pista hartan ez atze-
ra ez aurrera, nire xedea harreman afektibo edota sexualak
bilatzetik urrun xamar baitzegoen. Lehen bulkadan, esku
bat bota ziezadakeen norbait aurkitzeko aukerak maximi-
zatzearren, adin-tartea erabat zabaltzea ateratzen zitzaidan;
modu horretan, erabiltzaile ororengana heltzeko aukerak
bermatuko nituzke. Alabaina, kontua ez zen hain erraza.
Ezin ahaztu nezakeen nerabilen tresnak erabilera konkretua
duela, ligatzea, eta neu ari nintzela berau bestelako moduz
baliatzen, mailu bat eskura ez duenak iltze bat kontserba
pote batez horman sartzen duenean nola. Jokaldia ongi ate-
ra zitekeen, baina gauza jakina da mailua ez den beste zer-
baitez kolpatutako iltzeak paretako igeltsua altxatzeko auke-
rak nahiko altuak direla. 18 urteko gaztetxoei eta hirugarren
adinekoei *Like* ematea pentsatze hutsak deseroso xamar
sentiarazten ninduen; laguntza deiadar bat igortzen ariko
nintzaiela jakin arren, beraiek fitxak sartzen ariko nintzaiela
pentsatuko lukete, zalantzarik gabe. Dilema horrekin pasa
nituen eternalak egin zitzaizkidan bost bat minutu, harik
eta lotsak irentsi eta arriskatzearen aldeko hautua egin nuen
arte. Neure buruari esan nion behin *match* egindakoan azal-
duko niola beste pertsonari zein egoeratan nengoen, zerga-
tik eta zein helbururekin ari nintzen aplikazioa erabiltzen,
asmoa ez zela ligatzea eta ea lagunduko lidakeen mesedez.
Erabakia zalantzan jartzeko tarterik utzi gabe, 18tik +100
urte bitarteko erabiltzaileak bilatzeko agindu nion aplika-
zioari, eta hala hasi nintzen begien paretik pasatzen zitzai-
dan orori, ezkerretik eskuinerako atzamar kolpe batez, *Like*

ematen. Hirian, aplikazio bitartez ezagututako norbaitekin parez pare geratzera nindoanean, Leireri helarazten nizkion hitzorduaren gaineko datu guztiak. Eta errepide mortu hartan bakarturik nengoela, nirekin flirt bat izateko asmoz hitz egiten zidan lehenengoari nire paraderoaren berri eta kokaleku zehatza emateko prest nintzen. Sute baten aurrean, simulakroan praktikan jarritako segurtasun neurri oro alboratuz, aurreranzko ihesari ematen dionak bezalaxe. Baretasuna erabat galduta eta ebakuazio kasuetarako aurrez xedatutako jarraibideei jaramonik egin gabe.

Hortzak karraska eta eskuak dar-dar nituen, baina kosta egiten zitzaidan ezberdintzea zer zen urduritasunaren eta zer hotzaren ondorio. Peugeot 206 zaharraren termometroak hamalau gradu markatzen zituen. Ez zen hainbesterakoa hotza, baldin eta zuzena bazen zifra. Fidatu egin behar tenperatura neurtzen duen sentsorearen osasunaz. Eskuin eskuko atzamar potoloari tregoa pixka bat emanez, mugikorra kopilotuaren eserlekura jaurti eta berotan sartzeko ahaleginari ekin nion. Giltzari buelta erdi eman, kontaktua egin, haize beroa martxan jarri eta, pantailari zeharretik begiratzeari utzi gabe, elkarri lotutako esku-ahurren artera hatsa botatzeari eta eskuak elkarren kontra igurzteari ekin nion. Aparatuak, baina, ez zuen inolako jakinarazpen berriren seinalerik ematen. *Match*-ik ez begi-bistan. Tximistargi baten isla izan zen pantailaren beltza hautsi zuen argi bakarra. Haren ederrak liluraturik, arreta guztia zuzendu nuen zerurantz. Besaurrearekin kristaleko lurruna kendu eta naturak eskaintzen zidan ikuskizunari adi eman nuen tarte bat, oinaztutik trumoirako segundoak kontatzen

nituen bitartean. Ekaitza urruntzen ari zen, eta beronen distantzia neurtzen aritu izanaren ondorioz, lasaiturik nabaritzen nintzen. Begiak itxita, neure pisu guztia eserlekuan erortzen utzi eta sakon hartu nuen arnasa, ekaitzaren osteko barea xurgatzea posible balitz bezala.

Begiak ireki nituenerako apenas antzeman zitekeen ekaitzaren arrastorik. Orain bristada bai, geroxeago beste bat, han urrunean, ortzi mugara bidean. Inprobisatutako Faradayren kaiolatik ateratzea segurua zen. Edo ez. Baina behintzat tximista batek jota seko geratzeko aukera ezaba zitekeen kotxetik ateraz gero aurki nitzakeen balizko arriskuen zerrendatik. Badaezpada, irten aurretik telefono mugikorra sartu nuen berokiaren poltsikoetako batean. Jakina baita aparatua edozein estualditan lagungarri izan ahal zaigulako usteak, faltsua izanik ere, lasaitasuna ematen duela. Horregatik daramagu gainean gau eta egun. Horregatik sentitzen gara heldulekurik barik berau etxean ahazturik ateratzen garenean kalera, edo etxetik gertu egon ez eta bateriak pott egiten digunean. Patuak, ordea, ez du uzten beti larrialdi deietarako tarterik, ez du bermatzen bestaldean interlokutorerik.

Berriz ere eszenatokirik beltzenak imajinatzen hasi aurretik, atea ireki eta salto batez atera nintzen kotxetik. Barruan nintzela hotzak hiltzearen beldurra izan arren, aurpegian jotzen zidan haize freskoa eskertu nuen oin bat lurrean jarri orduko. Airatzea behar nuen. Hori, eta zigarro bat. Kopilotuaren eserlekuan utzitako poltsatik biltzeko tabakoa eta metxeroa hartzeko autora egindako sartuirten bizkorra probestu nuen irrati-kasetearen bolumena

altxatzeko. Ukendurik eraginkorrenak bezalaxe, gurpila biratu ahala kotxea betetzen hasi ziren akordeek di-da egin zidaten aringarri efektua. Autoa trabatuta geratu aurretik, GPSaren jarraibideak aditzeko jaitsi nuen zerora ozentasuna, eta ordutik orro egiten duten isiltasun horietako batean murgilduta egona nintzen. Drama generoko espainiar filmetan hain ohikoak diren isilune gorgarri horietako batean, zeinak drama bera areagotzen duen. Soinuak erabat aldatzen zuen egoera. Amorragarria izan zitekeen ekaitz betean autoa atrapatuta geratu izana, zer eta bide mortu batean, baina egoerak inolaz ere ez zeukan nire buruan hartutako munta. Derrepentean, gorputz eskasa uzten dizuten amets arraro horietako batetatik esnatu izan banintz bezala, ulergaitza egiten zitzaidan neure burua arriskuan ikusi izana.

Inspirazioa bilatu nahian kalera irten egin naiz... ahotsa sartu baino dezente aurretik, lehen punteatzeak entzun orduko ezagutu nuen bozgorailuetatik entzun zitekeen abestia. Lehiotikan taldearen *Zu, zu* mitikoa, ordu txikitan ez gutxitan abestutakoa. Maitek eta Yolandak herriko taberna-zuloaren gidaritza hartu zuten garaira eramaten ninduen doinuak; Irubideko ateak itxi eta beranduagora arte zabalik egoteko lizentzia zuen ondoko pub-era mugitu aurretik, beti jartzen genuen abesti hori berori beste zeinbait *temazo* tipikorekin batera. Yolandaren abesti gogokoenetarikoa zen, ziurrenik jarraituko du izaten, nahiz eta nekez antzeman dakiokeen egun bere zain punkrockeroa. Abokatu-langelan hartu zutenean sotilago janzten hasi zen, hasieran lanerako bakarrik. Baina gero etorri zen Ihintza lehenik, eta Aimar

gero, eta bi txikirekin kargupean, agur bere estilismoetarako denbora guztia. Lanak exijitzen zion seriotasuna batetik, eta bizitza profesionala amatasunarekin kontziliatzeko zailtasunak bestetik, praktikotasunak eta neutraltasunak ezaugarritzen dute orain bere *look*-a. Lehengo txima orain gorri orain moreen tokian, *garçon* erara motz moztuta eta beltzez tindatuta darama egun ilea. Prakak zartatu gabeak, noski. Eta artaziekin handik eta hemendik ebakitako kamiseten oso bestelakoak dira jantzi ohi dituen blusak, lehen beti bistan zeraman zilborra estaltzen dutenak. Azken horien estanpaturen batek edo bestek —*animal print*-ari ez dio muzin egin— eta estilo askotariko Dr. Martens oinetakoek, baina, iradokitzen dute iraganeko Yolanda haren zer edo zer geratzen dela. Aspaldi bere berririk ez nuela oharturik, etxeratzean mezu bat bidaliko niola erabaki nuen. Autoarekin izandako abentura kontatuko nion, eta nola eraman ninduen egoera hark iraganeko kontuak freskatzera. Eta bidenabar, kuriositate hutsagatik, galdetuko nion entzuten ari nintzena oraindik ere bere abesti kuttunen *Top 10*-ean ote zegoen.

Zuk, zuk, nirekin jarraitu nahiz eta bidea menditsua izan. Aireaz balia gaitezke berriro, berandu ez da. Abestiaren errepika ahapeka abestu bitartean, gidariaren eserleku atzeko leihatilak itzultzen zidan islara bideratu nuen soa, neu ere laguna beste aldatu ote nintzen jakin guran. Lehen begi kolpean, piztutako zigarroaren mutur goria besterik ez nuen lortu bereiztea, puntu laranja-gorri bat musikaren doinura astintzen zena. Baina begirada iluntasunera egokitu ahala joan nintzen neronen erliebea bereizmen geroz eta handiagoz antzema-

ten. Ez nintzen gutxi aldatu neu ere. Autoko irrati-kasetera konektatutako USBan aktualagoak diren beste hainbat talderekin batera aurki zitezkeen arren bere garaian hainbeste entzuten genituen Negu Gorriak, EH Sukarra, Bérurier Noir, Bad Religion eta beste hainbeste, horiek denak Irubideko tabako behe-lainotan ahots urratuz abesten zituen ni gazteagoaren ondoan bestelako itxura neukan neuk ere. Ilea graziarik gabeko motots batean bilduta, sudur gainean puntan amaitzen zen eta luzaz eraman nuen kopeta-ile haren aztarnarik batere ez. Beheko ezpainean eta mingainean, garai batean *piercing*-ak nituen tokietan, zulo bana. Berokia estilo klasikoduna, oilo-hanka estiloko oihalez egindakoa. Azpitik, puntuzko jertse beltz bat, *perkins* deritzen estiloko lepoduna. Praka bakeroak, mozketa zuzena eta graziarik gabekoak. Eta oinetan irakasle-gelan hainbeste ikusten diren Hoff markako zapatila pare horietako bat, marroi tonalitate ezberdinetan. Hain justuki, iraganeko niak sekula santan jantziko ez lukeen kolorekoak, "bizitzan hilik egotearen" adierezletzat jotzen zuelako. Detaileari garrantzia kentzen saiatu nintzen, burutik aldentzen; baina hainbeste elikatu nuen iraganean uste hori, urrutira jaurtita ere bumeran bat bailitzan bueltatzen zitzaidala. Enegarrenez ideia alferrik alboratu beharrean, estrategiaz aldatu eta argudioen bitartez berau desmuntatzeko saiakera egin nuen. Zigarroari azken zupadak eman bitartean, neure buruari esaten nion normalena eta osasuntsuena dela denborarekin pertsona aldatzea, garapenaren isla dela, eta hainbat aspektu daudela itxuraz eta estetikaz gaindi, askoz sakonagoak eta esanguratsuagoak direnak pertsona baten bilakaera aztertzerako orduan. Hondo-hondoan, bai-

na, zerbaitek zioztan marroi koloreko zapatila haiek neure buruarekiko utzikeriaren adierazle zirela. "Hark deskribatzen zuen bezalaxe, berdin-berdin gertatu zait", aurpegiratzen nion neure buruari. Berriki Elisa Victoria andaluziar idazlearen eleberri batean irakurritakoan neure burua ari nintzen ikusten islatuta. Zeozerrengatik azpimarratu nuen, irakurri bitartean, hasi eta buka: "Sarri gogoratzen naiz irakasle hartaz. Bere etxean irudikatzen dut, lanera eramaten zituen konjunto elaboratuak prestatzen, saiatzen naiz bere aurpegi gaztea irudikatzen noizbait ongi pasatzen eta gero pijama jantzita eta gaizki egindako moño batekin giltzapean ixten ikasteko, bere odol guztia entregatzeko azterketa horretan, zeinak inauguratuko zuen behingoagatik hain desiratua den dantza, bizitzak salbatzen dituena: funtzionariotza". Zigarroari hatz luze eta erakuslea kasik erretzerainoko azken zupada eman, ahitutako zigarrokina lurrera jaurti, eta gogoz zapaldu nuen bat-batean itsusituak begitantzen zitzaizkidan zapata marroietako batekin.

Jane´s Addiction estatubatuarren *Jane Says* abestia entzun zitekeen bozgorailuetatik berriz kotxera sartu nintzenean. Erreprodukzio modu aleatorioa nuen jarrita, eta Baldin Bada taldearen bertsioa zen aditu nezakeena. Begiak itxi eta beronetaz gozatzera nindoan poltsikoan bibrazioa nabaritu nuenean. *Match* bat!, ospatu zuen nire parte batek, norbaitek gustuko zaituela jakitean garunak askatzen duen dopaminak hordituta. Lehen dardarari bigarren batek jarraitu zion ordea, eta bigarrenari hirugarren batek. Airean atera nuen telefonoa poltsikotik, deia ez galtzeko. "Errepideko laguntza zerbitzua" iragartzen zuen pantaila argitatuak. Azkenik.

—Bai esan —brastadan erantzun nuen, egiatan itxaron behar izan nuena baino denbora askoz luzeagoz itxarontako deiari erantzuten banengo bezala. Bi hitz nahikoa izan ziren arnasik gabe geratzeko.

—Andere Iriarte? —Gizon bat, mintzo ozenekoa. Txokatu ninduen detaileak, buruan eraikia nuen mekanikari indartsuaren irudiarekin hausten baitzuen.

—Neu naiz, bai.

—Ernesto nauzu, errepideko laguntza zerbitzuko langilea. Zure intzidentzia jaso dut, oraintxe bertan abiatzen naiz zauden tokira. Zure telefono mugikorraren geolokalizazioa daukat, eman ordu laurden.

—Ados, primeran.

Barrenak guztiz nola baretzen zitzaizkidan nabaritu nuen. Hamabost minutu besterik ez nituen itxaron behar gertakizunen bilakaeran biraketa bat eman zedin eta etxeranzko norabidea hartu ahal izateko. Pantaila jo nuen hatz kolpez, ze ordu zen jakin eta gutxi gorabehera zenbat berandutuko nintzen kalkulatzeko. 20:43. Gaitzerdi. Erlojuaren azpian, jakinarazpen zerrenda luzea: hainbat mezu koadrilako txatean; amaren ahots-mezu bat; ikustearekin bakarrik amorrarazi ninduen Martaren mezua, ireki gabe ere banekielako lan kontuekin zetorkidala igande arratsaldez; korrika taldeko txatean mugimendua; *e-mail* parea, biak propaganda; bigarren eskuko arropa denda birtualean pare bat gauza saldu nituela zioen abisua; miradoretik ateratako argazkiak bihotz forman jasotako hogei *Like*-ak; eta guztiaren azpian, nire arreta erabat bereganatuz, bost *match*.

Azken abisu horren gainean klikatu nuen, eta aplika-

zioak irekitzen iraun zuen tarte laburrean eskuak izerditan hasi zitzaizkidan. Sentimendu nahasiak eragiten zizkidan egoerak: halako grin bat alde batetik, bost pertsona horien begietara hitzordu baterako lain interesgarria nintzelako; eta deserosotasun sentsazio bat bestetik, momentuko interes pertsonalagatik edonori *Like*-ak ematen aritu izanagatik. En fin, aurpegia ematea tokatzen zitzaidan. Zuzen jo nuen *match* egindako profiletara. A priori, batek ere ez ninduen erakartzen. Gaizki sentitu nintzen berehala, aplikazioa eta jendea gisa horretan erabili izanagatik. Interesatzen ez zitzaizkidan pertsonen balizko *match* gehiago jasotzen hasi aurretik profila ezabatzea erabaki nuen, orduantxe bertan, damuari tokirik ez uzteko. Inertziaz, baina, sugarraren ikonoan sakatu nuen ezarpenetara joan beharrean, eta pantailan agertu zitzaidan pertsonaren argazkiak zur eta lur utzi ninduen. Sabelaldean erupzio bat. Laba ordez, tximeletak aireratzen zituena. Aspaldiko tximeletak.

Aurkezpen argazkian soslaiz ageri da, mendi puntan, begirada urrutian iltzatuta. Egunsentia da, eta urre koloreko zeruak ederki ematen du haren oliba-koloreko larruazalarekin; begien berdea ere nabarmentzen dio argiztapenak. Soinean mendiko arropa termikorik ez bistan, izerditako beltz bat —txanoaren azpitik espartzu itxurako ile-xerloak ateratzen zaizkiola— eta aspaldikoak dituen galtza motzak, basket estilokoak, belaunen altueran lehergailu baten irudia dutenak, hain gustuko genuen Etsaiak taldearen izenaren ondoan. Argi oroitzen nuen erosi zituen eguna, Agurainera joanak ginen kontzertuak ikustera. Orduko hartan oraindik ez geunden elkarrekin liatuta.

Arnasari eutsirik eta giharrak zurrun, nahigabeko keinuren bat egin eta dena pikutara bidaltzeko beldurrez, profila aztertzen hasi nintzen. Nahiz eta ez neukan oso argi zer kontsidera zitekeen kasu hartan dena pikutara bidaltzea: *Like* bat? *Nope* bat? Ororen gainetik, ez nuen nahi profilak eskuen artetik ihes egiterik bertan bildua zegoen informazio guztia arakatu arte.

Jokin, 42. *"Elkar bilatu gabe genbiltzan, baina elkar topatzeko genbiltzala jakinik"*. Deskribapen gisa, Julio Cortázar-en aipua. Interesen artean, bost etiketa: natura, musika, bidaiatzea, literatura eta *ramen*-ak. Azkenak barrea eragin zidan; hainbeste urte elkarren berri izan gabe, eta japoniar platerak gustatzen zaizkiola, hori berritasun bakarra. Aita denik ez zuen esplizitatzen, nahiz eta bigarren argazkian triziklo bat zeraman eskutik zintzilik, hondartzan paseoan zebilela. Beste lau argazkik osatzen zuten profila, bata bestearen atzetik pasa nituenak, bakoitzari bere denbora eskainiz, haietan antzeman nezakeen edozein detailetatik, txikiena izanik ere, aspaldiko maitaleari buruzko informazioa atera nahian. Jakin nahi nuen zer zen bere biziaz, nor bilakatua zen, hainbeste urteren ostean jarraitzen ote zuen izaten nire barruan kilimak sorrarazteko gaitasuna zuen lehengo pertsona berbera. Agian orain arteko denbora guztian elkar bilatu gabe ibili ginen, baina barrubarruan elkar topatzeko genbiltzala jakinik. Bizitzaren buelta horien guztien ondotik, elkarrekin amaitzera destinatuta. Cortazarren aipua seinale bat izan zitekeen. Jolasean bezala, baina sinistu nahi duenaren jarreraz, neure burua gisako ideiekin bonbardatzen hasi nintzen, nahiz eta

jakin maitasun erromantikoaren diskurtsotik edaten ari nintzela. Destinoa, laranja erdiaren mitoa... dena identifika nezakeen sortzen ari nintzen fantasian. Toxikoa erabat, bai, baina hain zen eztigarria! Urte hauetan guztietan ez nuen gutxitan pentsatu nola joan izango litzaigukeen elkarrekin, baldin eta bera aukeratu izan banu Unairen ordez. Erabaki haren damuak utzitako zapore mikatza ezabatzea ez dut lortu sekula.

*****

Giltza biratu eta motorra itzaltzearekin batera itzuli nintzen neure senera. Mugimendu motore oinarrizkoenak automatikoki burutzen dituen sonanbuluak ohetik komunerako bidea egiten duen modura, berdin-berdin egin nuen garajerainoko ibilbidea. Jokinekin topo egiteak, bikotegai bila zebilela jakiteak, *shock* egoeran utzi ninduen. Hainbeste, laguntza zerbitzuko beharginari ere ez niola kasu larregirik egin, ezta behar bezala eskertu sorospena. Hura heldu zenerako harremantzeko aplikazioko profila ezabatua nuen, eta obsesioa bailitzan, etxera heldu eta hurrengo pausoa ematean neukan burua. *I want a fresh start* aukeran klikatu nuen aplikazioak galdegin zidanean zergatik ixten nuen kontua, eta hala zen egiatan. Ez nituen neure gain hartu nahi lehentxeago emandako *Like* guztiak, errealitatearen perspektiba erabat galdurik hil ala biziko egoera batean nengoela uste nuenean. Baina, egiari zor, arrazoi nagusia beste bat zen. Jokini aurkeztuko banintzaion, kondizioetan izango zen, ez ordurarte erabilitako argazkiarekin, zeinari zapatila ma-

rroien jitea zerion: kaiko terraza batean ageri nintzen, aurkezpen zainduko *marianito* bat parean, irribarrea ezpainetan baina ez begietan. Seriotasuna eta elegantzia planta ona finean transmititzen zituelakoan hautatu nuen, baina orain argi ikusten nuen: bizitasuna falta zitzaion, nortasuna ere bai pixka bat. Hainbeste ordaindu nituen ditxosozko zapatila marroiei bezalaxe.

Berotan sartzeko dutxa azkar bat hartu, pijama jantzi eta afaltzeko aukera bizkorrenaren alde egin nuen: sobreko zopa eta bart ilobarekin afaltzeko egindako patata tortillaren soberakinak. Egonarririk ez nuenez, irakiten zebilen zopari bueltak eman bitartean ireki nuen profil berria. Izena eta adina egiazkoak jarri nituen, eta interesetan ere fidel izatea hobetsi nuen: artea, mendia, animaliak, balleta eta pizza. Aurreko profila egitean, soilik nire buruan existitzen zen nire bertsio finago bati zegozkion interesak hautatu nituen: *brunch*-ak, meditazioa, garapen pertsonala, eta halako kontuak. Bururatzea ere. Neure burua aurkezteko hitzik ez zitzaidan okurritzen, beraz momentuz atal hori hutsik uztea deliberatu nuen pisu gehien zuen horretan jartzeko arreta. Argazki galeriari errepaso bat eman eta hiru hautatu nituen: aurkezpen argazki gisa, aste nagusian parrandan atera aurretik neure buruari egindako *selfie*-a, makilajeaz begiei eman nien ukituaz eta egin nuen tupedun orrazkeraz harro, atzean balkotik ditudan hiriaren bistak begiztatzen direla. Bigarren argazkian kamerari lepoz nago, Urbasako gailurlerroan, behean Sakana dudala. Eta hirugarrena Malagakoa da: taberna baten kanpoaldeko aulkian nago, bainu bat hartu berri, kresala azalean eta mototsa tantaka, ondoan zer-

beza bat dudala. Pareta edertzen duten andaluziar estiloko baldosek neu ere edertzen nautela iruditzen zaidalako hautatu nuen. Ia-ia banuen profil berria prest, baina oholtzara salto egin aurretik, beste bi doikuntza: adin tartea 40 eta 50 urte artean kokatzea, eta gizonetara mugatu beharrean, emakumeak ere ekuazioan sartzea. Prest nintzen.

Afalostean ekin nion profil itxuraberrituarekin aplikazioan saltsan ibiltzeari. Neure buruaren aurkezpen harekin gusturago ari nintzen lardaskan, baina baziren dagoeneko hogei minutu sofan bota eta aplikazioa ireki nuenetik, eta Jokin ez zen inondik ageri. Enkontru kurioso batzuk izateko haina denbora izan nuen ordurako. Aitor izan zen pantailan azaldu zitzaidan lehenetariko bat. Kasualitatea. Hain justu kalabazak eman nizkion azken pertsona. Berekin oheratzen jarraitu nahi ez nuela esan nionean, ez zuen batere ongi hartu. Bandera gorri bat gehiago bere zerrenda luzean. *Nope*, eskerrik asko. Ignacio lankidea ere azaldu zitzaidan, eta Leiretaz gogoratu ni. "Arrazoi zuen, lanekoen artean ere badaude *app* honen erabiltzaileak". Eta nire sorpresarako, aspalditik arreta ematen zidan kamareroa ere pasa zen nire esku artetik. *Super like* bat ematera ausartu nintzen, gustuko horri paper zati zimurtu batean maitasun aitortza jaurtikitzen dion nerabearen emozio berberaz. Alabaina, nire baitan nahi nuena zen maitasun ohar horrek Jokinen kokotea jotzea, hark buelta eman eta nirekin parez pare aurki zedin. Desesperatuan, bilaketarako adin tartea 42 urtera mugatu nuen, eta orduan bai, nahiko bizkor egin nuen topo berekin. Sofan agondu, adorea bildu, eta kirioak dantzan atzamarra behetik gora herrestatu nuen. *Super like*. Atzera bueltarik ez zegoen.

*****

Neurriz gainekoa iruditu zitzaidan esnatzeko egin behar izan nuen ahalegina. Kosta egin zitzaidan bezperan loak hartzea, oso ongi maneiatzen ez ditudan kode modernoetan Jokini egindako maitasun-aitortza dela eta. Zer egingo luke berak nire profilarekin topo eginez gero? Gordeko ote zuen barruan behin gure artean existitutako suaren txingarrik? Ala kontrara, gorrotoko ote ninduen Unairekin harreman bat hastearen aldeko hautua egin nuelako, gure harremanaren kaltetan? Posible zen, baita ere, nik jaurtitako amua ezerezean geratzea, sarean naufrago, Jokinek ez zituelako bilatzen bere adinkideak, eta ondorioz inoiz ez nintzaiolako agertuko pantailan. Halako hausnarketek esna izan ninduten ordu txikiak arte, harik eta nekearen nekeaz, loarina behintzat lortu nuen arte.

Esnatzeko behar izan nuen denbora estrak gosaritarako astirik gabe utzi ninduen, eta bart ohe ondoko aulkian botatako arropa berberak jantzita, zuzen abiatu nintzen lanera. Metroa hartu eta lanera garaiz iritsiko nintzela bermatu arte ez nuen astirik izan irrikatzen nuen hura egiteko. Bagoiak elkarren artean lotzen dituen akordeoi formako akoplean egin nuen tokia, aplikazioa irekitzeko lain diskrezio bermatzen zuen eremua iruditu zitzaidalako. Sugarraren botoiari sakatu eta pantailan agertu zitzaidan mezua ikustean, baina, aulki bat bota nuen faltan.

Your account has been banned.

Nire profila debekatua izan zela, hala zioen mezuak. Antza, *app*-eko erabilera baldintzak urratu nituen. Nola zitekeen? Ezer ulertu gabe, bilatzailera jo nuen. Profil faltsurik ez sortzea, eduki faltsurik ez erabiltzea, hurkoari errespetuzko tratua eskaintzea, jardun ilegaletarako erabilerarik ez ematea... erabilera baldintzen puntu bakarra ere ez nuen urratzen. Gertakaria azal zezakeen bakarra hainbat erabiltzailek foro bateko elkarrizketan ziotena zen: norbaitek ni salatu izana, argudiatuz bera deseroso sentiarazten edota aplikazioa era kaltegarrian erabiltzen ari nintzela. Irakurtzen ari nintzenagatik, bikotekide ohien artean sarri ematen den egoera omen. Zur eta lur, kasik entzun ere ez nuen egin bozgorailuetatik nire geralekura iritsiak ginela ohartarazten zuen ahotsa.

Goiza eman nuen kontuari bueltaka. Haurrei etsenplu emateak mantendu ninduen telefonotik urrun, baina harrak jaten zizkidan barruak. Kalabazengatik oraindik egoa minduta, Aitor izango ote zen salatu ninduena? Nik berekin topo egin aurretik nire profila ikusi zuen beste iraganeko ligeren bat, akaso? Edo gehien artegatzen ninduena: Jokin izango ote zen, iraganean Unai hautatu izanagatik ezinikusia zidalako? Ez zitzaizkidan aukera gehiago bururatzen, eta ezezagunen batek salatu izanari ez nion inongo logikarik ikusten. Bezperako irrikaren tokia espantu, goibeltasun, amorrazio eta ziurgabetasun nahasketa batek betetzen zuen orain. Batez ere ziurgabetasunak. Nork salatu ninduen ezin jakitea zen okerrena, buruan nituen pertsona posible guztienganako deskonfiantza sorrarazten baitzidan. Salatu ninduenak zigortu nahi izan ninduen; zigortu beste

inorekin harremantzeko bideak trabatuz, eta zigortu beste batzuenganako mesfidantza sorraraziz. Ulertzean, sutu egin nintzen. Ikaragarria da nola egokitzen den patriarkatua garai, eremu eta kode berrietara.

Etxera bueltan, bazkalosteko lo-kuluxkan murgiltzear, burutazio batek tenk jarri ninduen. Besoa sofa ondoko mahaira luzatu, telefonoa oratu eta Jokin bilatu nuen mezularitza aplikazioan. Harekin txata ireki eta *Elkar bilatu gabe genbiltzan, baina elkar topatzeko genbiltzala jakinik. Zer iruditzen elkar ikusten badugu?* idatzi nuen. Hala zalantzak uxatuko nituen beharbada. Idatzitakoa bidaltzeko botoiari sakatzea mezua idaztea baino gehixeago ari zitzaidan kostatzen ordea, eta ezbai horretan kateatuta, telefonoaren pantaila blokatu zitzaidan eskutan. Neure aurpegiak hartzen zuen pantaila beltza. Une batez nire islari soa eutsi ostean, hatza hurbildu eta beiran zehar arrastatu nuen, goitik behera. *Match. Super Like.*

Eskaintzeko nuen maitasuna ongi bideratu izanaren sentipenak kulunkatu ninduen. Bezperan ez bezala, lortu nuen luze eta zabal lo egitea.

EGIZU *MATCH*, ANDONI!

Eneritz Leniz Larrabaster
Bigarren saria

ENERITZ LENIZ LARRABASTER (Bermeo, 1973). Urdaibaiko uretako haizea eta bere basoetako hezetasuna arnastetik bizi da. Psikologia eta Magisteritzako ikasketak egin zituen. Azkenengo urteetan irakaskuntzan dihardu lanean. Ezinbestean ikaskuntzan ere badabil, gaztetxoekin elkarlanean asko ikasten baitu egunero, sarritan bere gaztetako nahiak eta ilusioak berpiztuz, lehiaketa honetan parte hartzera heldu arte, esaterako.

Haizearen indarrak kotxea kulunkatzen zuen. Haurtzaroan hain sarritan goxotan disfrutatutako balantza lasaigarri eta atsegin hura, une haretan inoiz bizi izan dudan esperientziarik beldurgarriena izaten ari zen. Etengabeko hotsak oilo-ipurdia jartzen zidan. Zer ote zen zarata izugarri hura? Ez neukan ideiarik ere non nengoen. Ezin nuen gorputzeko dardara kontrolatu.

App-an sartzea hasieran ideia ontzat hartu banuen ere, ekaitzak aurrera egin ahala nire isolamendua handitzen zihoala ikustean, arnasa falta sentitzen hasia nintzen. «Beharbada ez nuen *app*-an sartu behar, bateria arin doa beherantz: % 8a!».

Berriro begiratzean: «Estaldura marratxo bat? Akabo nire

egunak!! Teknikariarekin harremanetan jartzeko aguantatu behar dit!». Gero eta urduriago nengoen, tipula usaina nabaritzen nuen besapeetan, nire estresaren beste seinale bat.

—Norbait etor daitela lehenbailehen, mesedez!! —oihukatu nuen, horrela eginez gero nire nahia arinago beteko zelakoan.

Halako batean telefono deia; zenbaki ezezagun bat:

—Bai, esan!

—Arratsalde on, aseguruko teknikaria naiz. Zelan zaude?

—Nola uste duzu?!

—Non zauden esango didazu? Zure bila irtengo naiz laster.

—Ez daukat argi, metro batzuk atzerago poste zuri eta hori bat ikusi dut, 36 zekarrela uste dut... Zalantzan nago, hainbeste eurirekin...

—Lasai... Gaztelugatxe parean zaude, ezta? Gogoratzen duzu bidean aurkitutako beste zerbait?

—Euri honekin? Ba... zarata handia entzuten da, karrakaden modukoa, eukaliptoena beharbada...

—Os... ndo... b... dean...

Bat-batean telefonoak soinutxo bat egin eta ilundu egin zen. Kanpoko iskanbilarekin kontrastean, egundoko isiltasuna kotxe barruan. Oraingoan, emandako argibideekin teknikariak aurki nintzakeen, bestela akabo nire egunak! Estutasunean negarrari eman nion.

Handik hogei bat minutu luzetara, atzerako ispiluan argi batek egindako isladak nire arreta deitu zuen. Atzera begiratu nuen, baina euritearen eta begietako hezetasunaren ondorioz ez nintzen gai izan kanpokoa identifikatzeko. Argia

gero eta hurbilago zetorren. Nire bihotza gero eta azkarrago. Buruak eztanda egingo zidan horrenbesteko zarata, beldur eta urduritasunagatik. Nire bila zetorren? Ala han agertutako badaezpadakoren bat zen? Hobe kotxean itxarotea.

Argidun ibilgailua geldi-geldika nire ondoan kokatu zen eta minutu pare bat han geldi egon ostean, edo hori gogoratzen dut nik, klaxona jo zuen. Leihatila jaitsi eta hitz egiten hasi zitzaidala ikusita, neuk ere kopilotuaren leihatila apur bat jaitsi eta han ikusi nuen aurpegi atsegindun mutil gazte bat. Hasperen luze bat bota eta leihatila beherago botatzean, negarrak lehortzeko aprobetxatu nuen disimuluan.

—Arrasti on, edo hobeto gabon!

—Bai, hobeto gabon, gaua etorri zaigu gainera eta. Bi ordu daramatzat zure zain!

—Trankil, ez da horrenbesterako izango eta!

—Nolako ezetz! Bueno, ez dut eztabaidatu nahi. Eskerrak etorri zaren! Kotxea trabatuta geratu zait eta ezin naiz mugitu. Galduta nago.

—Begirada bat botako dot.

Bere furgonetatik irten eta nire autoaren aurrekaldera joan zen. Argiekin gorputz handiko mutila zela ikusi nuen, euritako jakarekin handiagoa zirudien.

—Ummm, bai, gurpil erdia basatzan sartuta daukazu. Ekaitz honegaz ezinezkoa izango da kotxea hemendik ataratzea. Etorri neugaz, hemendik urten behar dogu.

Halako batean tximista argitsu batek zuhaitz bat ukitu eta etzan egin zuen. Ondorengo burrunba gorgarriak kotxetik jauzi batez atera ninduen eta teknikariaren besoetan amaitu nuen. Sekulako besarkada eman nion. Konturatu nintzene-

rako gora begiratu eta mutilaren irribarrea ikustean, nire bizitzako lotsarik handiena sentitu nuen. Are gehiago gorritu nintzen, oso itxura oneko mutila zela ohartu nintzenean.

Furgonetan sartu, atzerantz bota eta bidezidor haretatik irtetzea lortu genuen. Helbidea galdetu eta etxerantz eraman ninduen. Ha bai zela ura baldekadaka botatzea! Ez zen aurrekorik ikusten!

Bitartean, atzean hutsitako bideak baserrietara besterik ez zeramala azaldu zidan mutilak. Aurrerago jarraituz gero, Matxitxako lurmuturra zegoen.

Hizketan genbiltzan bitartean, argitasuna ikusi nuen aurrez-aurre:

—Hara! ltxaroten daramadan denbora guztian ez da inor hurbildu eta bat-batean beste kotxe bat! —esan nuen erdi haserre.

Teknikariaren hitzak entzun ondoren ordea, ulergarria zen bide haretan arimarik ez aurkitzea.

Nire urduritasuna zela eta hitz eta hitz, konturatu gabe heldu ginen etxera. Egun guztiko estresa kontuan izanda, horixe izan zen momenturik gozagarriena. Nork esango zidan egoera horretan ezer atseginik aurkituko nuenik? Atsegina ere, benetan atsegina, sekulako mutil katxarroa nire ondoan... Haren eskuak bolante gainean ikuste hutsak berotasuna ekartzen zidan arropa bustiaren azpian. «Ai! Egun gogorregia niretzat, emozio larregi» neritzon.

Nire etxeko atalondoraino eraman ninduen. Kaleak ondo ezagutzen zituela zirudien, euritearekin ez baitzen aurrekorik ikusten eta erraztasun handiz heldu ginen, edo hala iruditu zitzaidan.

Furgoneta gelditu ostean, aurrez-aurrez ikusi nuen berriro. Halako irribarrerik ez nuen lehenago ikusi. Ezustean bion begiak bat egiterakoan, tximista moduko korronte azkar bat sentitu nuen; segundo erdikoa, baina denbora gelditu eta espazioa ezabatzeko besteko indarduna. Zirrara bortitzaren ostean berehala biok begiradak aldendu eta berriro elkarri behatzea ekidinez, atea zabaldu eta arineketan jaitsi nintzen; ez nuen nahi gehiago busti. Atariko atea zabaltzera nindoala, eskua dardarka, atzera begiratuko nuen ala ez zalantzan, atzetik heldu eta bere beso sendoen artean leunki besarkatuz, musu haragitsu, heze, epel eta sakon bat eman zidan. Begietara so egin eta ezer esan gabe eskuaz keinu eginez, buelta eman eta furgonetan sartu zen. Han geratu nintzen ni, mozkorraldian sartuta, zur eta lur, etxe arteko bihurgunean furgoneta nola desagertzen zen begira; zenbat eta ibilgailua txikiago egin barruko samina handiagoa egiten zitzaidan bitartean.

Eskaileretatik gora aurpegia sikatzen jarraitzen nuen. Euria zela pentsatu nahi nuen. Etxera sartu, arropa bustia kendu eta dutxa bero luze bat hartu nuen. Xaboia gorputzean zehar zabaltzen nuen bitartean, azaleko milimetro bakoitzetik bere eskuen fereka sentitu nahi nuen, bere ezpainetatik irtendako aire leun beroaren zirrara, ikusi ezin izan nuen gorputz handi eta beroaren igurtzia. «Mmmm, Basajauna...». Aurpegia sutan neukan. Aseguruko teknikariarekin jolaskerietan ibiltea ere! Ume txikia banintz bezela sentitzen nintzen, lotsa-lotsa eginda nengoen, baina era berean barreari eutsi ezinik.

Errealitatera bueltatzen nenbilela zeraz ohartu nintzen:

ez neukan kotxerik lanerako! Hamaiketarako minutu gu-
txi batzuk falta zirela, Leireri deitu nahi izan nion hurrengo
egunerako geratzeko. Mugikorra ere kotxean utzi nuen, es-
kerrak etxeko telefonoari!

—Bihar kontatuko dizut lasaiago.

—Baina onda zaude? Aztoratuta entzuten zaitut.

—Bai! Lasai! Ez kezkatu! Egun gogorra izan da, baina oso
ondo nago.

—Ederto, bihar arte orduan. Gabon!

Hurrengo goizean Leirek etxe aurrean batu ninduen;
musu ahaztezina jaso nuen leku berean. Lanerako bidean
zerbait kontatu nion, baina detaile handirik gabe. Egia esan,
berarekin hitz egitean, egoeraren seriotasunean konturatzen
joan nintzen; baita aurreko eguneko adrenalinak tenteldu-
ta utzi ninduela. Nire kotxea bide galdu baten bazterrean
utzi nuen, nire mugikorrarekin barruan, edo hori uste nuen
behintzat. Aurreko gauean ez nion garrantzia handirik
eman horri, baina egun argitan eta ekaitzaren ostean, pufff...
egoerak beste itxura bat hartzen zuen.

Lanera heldu ginen, eta bai, banekien asegurura deitu
behar nuela kotxearen bila joateko, baina lotsa apur bat sen-
titzen nuenez, deitzeko unea atzeratzen joan nintzen. Agian
ez zen beharrezkoa asegurura deitzea, lokatza gogortuta
egongo zen lanetik irteterako eta Leire prest egonez gero,
beste mesede bat egiteko... Baina ez zeukan zentzu handirik,
teknikariak bere lana amaitu beharko zuen. Deitu beharra
neukan, bai ala bai.

Hamaiketakoa hartzera nindoala ohar bat jaso nuen:
ertzain bikote bat nitaz galdezka zebilen harrera-lekuan.

Hankak dardarka jaitsi nituen eskailerak, lankideek isilean, jakinminaz, begiratzen zidaten bitartean.

—Zuri buruzko desagertze-abisua jaso genuen bart.

—Zer? —bihotza eztarrian neukan taupadaka, ahotsari irtetzerakoan traba eginez—. Eta nork emanda?

Ez nion inori nire irteerari buruzko berririk eman! Agian... *app*-eko interesaturen batek edo?

—Zurekin hitz egin ondoren, aseguruko teknikaria zure kokalekura hurbildu zen. Han aurkitu zuen zure kotxea, argiak pizturik, ateak zabalik eta zure mugikorra eta manta bat barruan.

Ezin nuen sinetsi entzundakoa!! Teknikariarekin neu egon nintzen!! Ala Spielbergen estralurtarren batzuk abduzitu ninduten ideia hori sinestaraziz? «Hartu arnasa sakon» gogoratu behar izan nion neure buruari.

—Teknikaria heltzerakoan —jarraitu zuen bigarren ertzainak— identifikatu gabeko beste ibilgailu batekin gurutzatu zen bidean. Zurekin harremanetan jartzeko zailtasuna izan zutenez, bahiketa bat izan zitekeelakoan abisua eman zuten asegurutik.

—Ezinezkoa da! Atzo aseguruko teknikaria agertu zen eta kotxea lekutik mugitzeko zailtasunak baloratu ondoren, kotxea bertan uztea eta bere furgonetan ni etxera eramatea erabaki zuen! —esan nuen urduri.

—Erabaki zuen e? Kotxeko argiak itzali gabe, mugikorrik gabe, ateak itxi gabe... Zein zen teknikariaren izena, bere burua aurkeztu zuen? —galdetzen zidan batek, besteak oharrak hartzen zituen bitartean.

—Eeee... Ba egia esan ez, edo ez dut gogoratzen... Oso ur-

duri nengoen eta hitz egindako erdia ia ez dut gogoratzen.

—Eta horrela zen.

Ertzainen hitzak entzunda, beste itxura bat hartzen zihoan "Basajaunaren" istorioa. Ez dakit goseagatik, urduritasunagatik, desilusioagatik... Mozkorraldi baten osteko ajeak jota banengo bezala neukan sabela.

—Ba kontuz gazte, ezezagunekin kontuz beti eta adi beti. Zeure esku geratzen da norekin egon zinen argitzea. Zalantzarik eukiko bazenu edota zeure burua arriskuan egon zezakeela ikusten baduzu, abisua eman. Hauxe da gure txartela —esan zidan irmotasunez besoa luzatzen zuen bitartean.

Eta hala zen, arrazoia zeukan ertzainak, ezezagunari buruzko informaziorik ez neukan. Berak, aldiz, bazekien non bizi nintzen; are gehiago, bakarrik bizi nintzela kontatu nion ere, berarekin ligatu nahian! Holako tentelik!! Oso lotsatuta sentitu nintzen.

Eskuak emanez agurtu genuen elkar. Beste eskuan txartela gogor estutu nuen.

—A, parkatu!! Eta nire kotxea?

—Ertzaintzak ez dauka horren berririk, asegurura deitu beharko duzu.

Burua bueltaka, nire bulegorantz abiatu nintzen. Zer gertatu ote zen aurreko egunean? Amets arraro baten antza zeukan guztiak. Nire ideiak ordenatu behar nituen. *Google Maps*-eko gizontxoaren moduan, mapatik urrundu eta airean bazter batera egitea gustatuko litzaidake, urruntasunetik gauzak beste modu batera ikusteko aukera izateko.

Lehenik eta behin asegurura deitu behar nuen. Kotxea

eta mugikorra berreskuratu behar nituen. Mugikorra...
Puffff, sutan egongo zen, dei eta mezuz gainezka. Eta *app*-a!!!!.. Basajauna ez zen *app*-eko *match*-en bat izango, ezta? Ufff berriro sabelean sorginaren lapikoa sutan...

—Egun on! Atzo Matxitxako aldean matxuratutako Audiaren jabea naiz. Nire autoa batu zenutela jakin dut.

—A bai! Hemen daukat intzidentzia. Ezer baino lehen, ondo al zaude? Atzo...

—Bai, bai —moztu nuen asegurukoa, ez neukan berriro istorio lotsagarri hori entzuteko gogorik—. Zer egin behar dut kotxea berreskuratzeko? —jarraitu nuen.

Egia esan mugikorra berreskuratzeko izugarrizko premia neukan. Jarraibideak entzun ondoren, arreta zerbitzuko langilea agurtu nuen. Lanetik irtenda, jarraian abiatuko nintzen tailerrera.

Mugikorra eta kotxea batu ostean, etxera joan nintzen. Mobila entxufatu behar nuen nire aurreko eguneko abenturari buruzko datu gehiago biltzeko. Hala zen, mobila sutan neukan. Zenbaki berdinetik hainbat dei: asegurukoak zirela ziurtatu nuen. Eta *app*-a gori-gori; nola nabaritzen den neguan eta eguraldi eskasarekin ondoan norbaiten beharra... *App*-an sartu eta aurreko eguneko *match*-ak begiratzen ibili nintzen. Ez, han ez zegoen nire bila etorri zen Basajauna. Beste profil batzuk begiratzen ibili nintzen ere, baina... ezer ere ez. Desilusio galanta!

Ohean etzanda, ezin izan ninduen loak hartu. Basajaunaren azken irudia neukan gogoan: furgoneta nire etxetik aldentzen. Nahiz eta behin eta berriz irudi hori burura ekarri, ezinezkoa nuen matrikularen zerbait gogoratzea.

Ezta furgonetaren marka ezta kolorea! Barrukoa zen une hartan interesatzen zitzaidana, ez kanpokoa; horregatik ez nuen begiratu furgonetak laneko logorik zeukan ere. Mutil misteriotsu haren oroitzapenak, sentipen eta emozio bizi asko sortzen zituen nigan. Mugikorra pizturik utzi nuen mesanotxean badaezpada, nirekin komunikatzeko aukeraren bat izan zitekeelakoan, ez baineukan argi nire daturik eman nion ala ez. Dena dela, itxaropentsu nengoen. Pentsamendu goxo horietan bildurik, lo gelditzea lortu nuen.

Hurrengo egunean, lanetik irten bezain laster, Matxitxako alderantz egin nuen. Galdutako bidetxoa aurkitzeko gai nintzen ikusi nahi nuen, eta bide batez, bertan interesgarri izan zitekeen arrastoren bat. Lekua bilatzea kostatu zitzaidan. Aseguruko teknikariari 36 zenbakia zeukan munarria aipatu niola gogoratu nuen eta azkenean lortu nuen haraino heltzea. Eguraldi lasaiagoarekin eta egun argitan, beste leku bat zirudien; atseginagoa. Autoa bide sarreran utzi eta oinez egin nuen aurrera. Han aurkitu nuen oraindik nire gurpilak egindako zuloa. Eroritako pinuaren enborra ataletan txikituta zegoen bidearen ertzetan. Aurrera jarraitu nuen, mutilak esandako moduan itsasargia bilatzeko asmotan; baita bidean argitasunen bat aurkitzekotan.

Etxera heltzerakoan, ertzainek emandako zenbakia gorde nuen mugikorrean. Eta fidagarria ez bazen? Ez zen ni kontrolatzen ibiliko, ezta? Ni baino gorputz handiagoko gizona: erakargarria, baina era berean... beldurgarria. Zer egiten zuen han? Zeren bila ibiliko ote zen inguru hartan furgonetarekin? Ezin nuen lasaitu neure burua. Hurrengo egunean ere gaupasa eginda lanera.

Hala ibili nintzen ondorengo egunetan. Argi neukan ezin nuela horrela jarraitu, beldurrak alde batera utzi eta berriro kalera irtetzen hasi behar nuen, azkenaldiko errutinak berreskuratu behar nituen.

Hamabosta lehenago gimnasiora hasi nintzen, *crossFit*era hain zuzen. Modako kirola zela eta horretara apuntatu nintzen, aurpegi berriak ezagutzeko eta indartsuago egiteko; kanpotik indartsu ikusteak barrutik ere hala sentiaraziko nindualakoan. Azken egunetan piper egin banuen ere, berriro seriotasunez joaten hasi nintzen.

Konturatu gabe udaberrian sartu ginen. Eguraldi onarekin lanaldi ostean beheko tabernara joateko ohitura geneukan.

—Aizu, zenbat aldatu zaren azken hilabeteetan?

—Leire, mesedez!

—Benetan! Orrazkera aldatu duzu, kirola egiten hasi zara, orain eleberri beltza irentsi egiten duzu...

—Irentsi? Karkarkar! Lehen ere irakurtzen nuen eta!

—Baina ez horrenbeste! Aspaldian Mikel Santiagoren trilogia, utzi zenidan liburu hura, nola da... a bai! *La danza de los tulipanes...* Badira liburutxu batzuk hilabetean irakurtzeko, ez duzu uste? Karkarkar!

—Bueno, halan entzunda ezin esan ezetz.

Bai, onartu beharra neukan, Matxitxako parean galdu nintzenetik ingurune horrek asko erakartzen ninduela; baita Mikel Santiagoren Illumbe herrian Basajaunarekin istorioren bat eukitea asko gustatuko zitzaidakeela. Azken aldian fantasiak ematen baitzidan errealitatean ez neukan bizipoza.

«Liburuez gain, telesailarena ere baleki...» pentsatu nuen etxerako bidean. Astearte gau baten, afalostean, telesail bat

ikustera jesarri nintzen. Interneten, urte batzuk lehenago de-
nen ahotan zebilen telesail bat aurkitu nuen: *Presunto culpa-*
ble. Estreinatu zenean ikusita neukan arren, Urdaibaiko kos-
taldea agertzen zela gogoratzean, erakargarri egin zitzaidan.
Gauero kapitulu bat ikusten hasi nintzen. Izan ere, telesai-
lera engantxatu nintzen, eszena baten protagonista bidezi-
dor batetik korrika zihoala, bide hori neu galdu nintzen bi-
dexka bera zela konturatu nintzenean. Une horretan bihotza
taupadaka sentitu nuen, irribarre zabal bat neukala ahoan.
Halaxe ba, arratsaldero hurrengo kapitulua ikusteko irri-
kitan joaten nintzen etxera. Telesailari esker, Matxitxakora
gero eta sarriago hurbiltzen hasi nintzen. Ganbaran hautsez
beteta neukan txirrinduak kolorea berreskuratu zuenean,
Urdaibaiko beste txoko ikusgarri batzuetara ere hedatu ni-
tuen bisitak.

Uneka, bitsetan nenbilen, nire kostaldeko Basajaunak
esango zukeen moduan. Bizitasuna sentitzen nuen barnean.
Lozorroan egotetik esnatuko banintz bezela nengoen. *App*-
an aktibo jarraitzen ez banuen ere, sarri begiratzen nuen
mutil misteriotsuari buruzko ezer agertzen zen ziurtatzeko.
Ligatzeko *app*-ak ez daude hain txarto, baina esaterako: pro-
fila ikusita, nola jakin halako hizkera goxodun interesaturik
badago? Ez nengoen ziur *app*-a niretzat onuragarria izan zi-
tekeen ala ez.

Nor zen ba mutil misteriotsua? Nola izan zitekeen segun-
do batzuen barruan pertsonarik zoriontsuena, errukarriena
bihurtzea? Ba horrela sentitzen nintzen batzuetan.

Eguerdi baten, hilero bezala, psikologoaren kontsultara
hurbildu nintzen.

—Kontatutakoaren gainera, eta zure adierazteko modua ikusirik, oso ondo ikusten zaitudala esan behar dizut. Azkenengo hilabeteetan aldaketak izan dituzu; aurreratzen zoaz. Zuk nola ikusten duzu zeure burua?

—Ba, egia esan, neuk ere hobeto ikusten dut neure burua. Hilabete hauetan ez dut bikoterik aurkitu, ezta kuadrila berririk. Kuriosoa da ordea: orain ez naiz bakarrik sentitzen. Nolabait barruan neukan hutsunea, beldurra... ez dakit nola deitu, desagertzen joan da. Lagunekin egotea asko gustatzen zait eta eurekin disfrutatzen dut, baina ez dut sentitzen lehen neukan eurenganako menpekotasuna. Beste era batera esanda, taldearen babesa behar nuen, ha gabe biluzik sentitzen bainintzen. Orain, ordea, ez. Oraindik ez dut lortu inorekin *match*-ik egitea, baina ez dut hain beharrezkoa sentitzen.

—Badakizu zer ikusten dudan nik? *Match*-a egin duzula; baina 30 urteko Andonik, 15-18 urteko Andoni nerabearekin egin du *match*. Nerabezaroko zure zaletasunak berpiztu dituzu bidean eta gutxika-gutxika zeure barneko gogo eta nahiekin egin duzu bat. Kanpora begiratzeaz gain, oraingoan zeure barnera begira ere hasi zara. Antzinako jakintsu batek esandako moduan, begi bat kanpora begira dagoen bitartean, besteak barrura begiratu behar du. Oso lan sakona eta txalogarria egiten zabiltza mutil, ez etsi, jarraitu horrela bide onetik zoaz eta.

Aho zabalik geratu nintzen psikologoaren hitzak entzutean. Arrazoia zeukan, aldaketa bat egon zen, inflexiopuntu bat, galdu nintzen gau haretatik aurrera. Ekaitz harek apurka-apurka barealdia ekarri zuen nire barnera.

Psikologoarekin hitz egiten nuen bakoitzean gauza xelebre bat gertatzen zitzaidan: kontsultara sartzerakoan beltzez jantzita nindoala uste nuen arren, irtetzerakoan laranjaz ikusten nuen neure burua. Bitxia da: zure hitzen islada bueltatzerakoan, beste pertsona bat zarela dirudi, zure ikuspuntua erabat aldatzen da. Mago baten eskuetan sentitzen nintzen nire psikologoarekin. Emakume jakintsua: "*match* egin duzu zeure buruarekin". Ez nuen inoiz hori igarriko, eta halaxe zen!!

Maiatzaren 23an, supermerkatuan erosketak egin eta parkinera abiatu nintzenean, han sekulako ezustekoa hartu nuen: nire kotxearen gainean jarrita, oso itxura oneko mutil bat neukan. Zenbat eta hurbilagotik ikusi bere begirada, argiago neukan begi haiek lehenago ikusita nituela. Burua eraginez, irribarre batekin agurtu ninduen; ni bitartean dardarka, ezin ulertu ikusitakoa.

—Aurkitu zaitut azkenean! —esan zidan.

Ni isilik, harrituta eta zer esan ez nekiela. Azkenean ausartu nintzen:

—Nola? Nire bila ibili zara ala?

—Gelditu barik! Ez da erreza izan.

—Baina nola, ez dut ulertzen...

—Ez dakit nondik hasi: gau ha niretzat ez zan gau arrunt bat izan... Parkatu erasotuta sentitzen bazara nire berbak entzutean —moztu zuen ni urduri ikustean.

—Baina nola aurkitu nauzu?

—Zure datu bigaz geratu nintzan: zure bizilekua eta zure kotxea. Isildu egin zen nire beldur aurpegia ikusterakoan, seguruenik.

—Zure kotxea aurkitu nebanean, argazkia atara neutson atzetik Herri Babesari abisua emoteko. Hortik atara neban matrikula eta modeloa. Gogoratuko dozun moduan, etxera ekarri zindudazan. Bueltan ez neban gogoratzen ondo ibilbidea, eta...

—Ez esan, *Google Maps*?

—Ba bai! —erantzun zidan barreka—. Ta gaur nire zorte eguna izan da ta azkenean lortu dot zure etxe inguruan zure kotxea aurkitzea; baita hilabete honeetan ahaztu ezin izan dodan aurpegia berriz ikustea. Oso egun zoriontsua da niretzat.

—Mutututa utzi nauzu —esan nion gorri-gorri—. Ez daukat ezer egiteko... Erosketak kotxean gorde eta bazkaltzera joateko gonbidapena onartuko zenuke? —jarraitu nuen aurrea hartuz.

—Zelan ez ba!

—Hemendik hurbil dagoen leku berezi batera eramango zaitut. Elkarri irribarre eginez aurrera egin genuen. Jatetxerako bidean:

—Aizu, ezer baino lehen ezaidazu nor zaren eta nola agertu zinen gau hartan puntu beltz haretan.

—Joseba... naz. Puntu beltz hori aurrerago jarraituz, ezkerreko aldean kolorez inguratutako baserri bat aurkituko dozu: Etxebarridxa. Hortxe bizi naz ni.

—Baina... —ezin nion barreari eutsi!

—Nor nintzala uste zendun ba?

—Uiii, jakingo bazenu...

—Txakolina egiten duen baserritar arrunt bat baino ez naz. Mahats artean emoten dodaz egunak.

—Mahatsari begira ibilten zarela diozu? Nire moduan orduan!

—Zelan? Zeu be...

—Ez, ez! Hitz joko bat besterik ez da... laster kontatuko dizut —barreka zatitu nintzen, aspaldi ez nuela halako barre-zantzorik bota. Eta oraingoan konpainian.

Jatetxean, doinu dotore eta abegitsu batek eman zigun ongi etorria. Begiak itxi eta amaren etxea gogoratu nuen hunkituta. Betidanik ezagutu dut Einaudiren musika berari esker. *Divenire* entzuterakoan, nire bizitzaren soinu-banda zela iruditu zitzaidan.

APP-EN SAREAN KORAPILATUTA

Beatriz Salas Sierra
Hirugarren saria

BEATRIZ SALAS SIERRA. Logroñon jaio zen 1975eko martxoan, baina Bilbon bizi da lehenengo hilabetetik. Industria Ingeniaritza ikasi zuen, gaur egun garatzen duen lanbidea, nahiz eta bere pasio nagusia liburuak izan diren beti. 2019ko udaberrian polizia-eleberriak idazten hasi zen. Bi eleberri argitaratu ditu gaztelaniaz orain arte: *Las sombras de Sade* eta *La mujer del saco*.

*M*atch desiratua iritsi zenean, lehenengo esaldiak urduri tekleatu nituen, ez beldurtzeko nire salbatzailea. Ez zitzaidan egokia iruditzen laguntza-deia lehen lerroan egitea. Berarekin txateatzen ari nintzela, beste bi *match* iritsi zitzaizkidan. Laster begiratu behar izan nien bi adiskidetasun proposamen berriei, zeren lehenak ez zidan erantzunik eman, erreskatatuko ninduen norbait behar nuela jakinarazi nionean.

Behar nuen laguntza nola lortu zalantzan nengoela, denbora ez galtzea erabaki nuen, lehenengoarekin bezala. Zintzo jotzen saiatuz, nire mezua, biei bidalita aldi berean, hauxe izan zen: "Barkatu, zure kokalekutik gertu mendian estualdi larri batean nago, eta bururatu zait *app*-en bidez laguntza eskatzeko".

Mezua bidali eta atzamarrak gurutzatu nituen berriro, espero nuen hiruretako bat, gutxienez, zeken bat ez izatea. Nire burua ikusi nuen: bat-bateko uholde batek amildegi baten hondora eramango gintuen nire kotxea eta ni, eta han, kolpeak berak hiltzen ez baninduen, lokatzetan itota izango zen nire bizitzaren amaiera.

Adar baten burrunbak, nire autoaren aurretik erortzean, arnasarik gabe utzi ninduen zenbait segundoz. Ez nintzen konturatu hainbat zuhaitz nituela inguru. Udako egun eguzkitsuetan hirugarren mailako errepide hartan barrena paisaia polit batez gozatu ahal izango nuke: haize freskoaz, hegaztiez... Mendi haren gailurrera iritsitakoan, oker ez banengoen, Gaztelugatxeko Doniene ikus nezake.

Kanpora irtetea erabaki nuen, nahiz eta hotz handia izan. Baina nire irudimenak berriro oker jokatu zidan: haizearen soinuak eta zuhaitzen itzalek basurdez inguratuta nengoela ziruditen.

Berriro sartu nintzen kotxean, hezurretaraino bustita. Hamabost minutu gehiago pasatu ziren, eta inork ez zidan erantzuten... Azkenean, nire ideia bikainak ez zuen ezertarako balio izan. Nire lankide batek esaten zuenez, *app* hartan sexua konpromisorik gabe eta doan bilatzen zuten gizonez beteta zegoen. Baina... Nola bururatu zitzaidan haietako batek gau ilun hartan ekaitzaren erdian irtetea erabakiko zuela, ezezagun bat erreskatatzeko, inozo bat gainera, arratsalde hartan bakarrik paseatzera irteteaz gain, galdu egin zena GPS-a eramanez... eta ekaitz elektrikoak iragarrita ere.

Egia esan, haiek ez zituzten datu horiek guztiak, baina neure buruarekin haserretu nintzen, zein inozoa izan nintzen deitoratuz, ez bakarrik mendian galduta nengoelako, baita nire heroia egun hartan, une hartan, *app* hartan, aurkituko nuela pentsatuko nuelako ere.

Ideia bikaina iruditu zitzaidan; izan ere, nire irudimen iheskorrak, gertu zeuden profilak aztertzen ari nintzela, erreskatearen filma gauzatu zuen: nire *like* jaso zuen bat surfista zen eta Mundakako ezkerreko olatuari aurre egin ondoren, ekaitza horrek ez zuen beldurtzen. Muturreko kirolak gustatzen zitzaizkion eta *quad* bat zuen. Nik berarekin *Whatsapp* bidez partekatzen nuen nire kokapena eta arazorik gabe niganaino iristen zen. Ezin nuen ondo ikusi bere aurpegia iluntasunean eta, gainera, anorakeko kaputxa jantzita zuen, baina bai bere irribarreak erakusten zizkidan hortz zurixkak: "Zu al zara larri dagoen andereñoa?" esaten zidan heltzean.

Quad-ean hurbilen zegoen herrira hamar minututan heldu ginen, eta Bakioko sarreran, nire salbatzaileak kaputxa erantzi eta...

Tok-tok

Norbaitek nire leihoko kristala jo zuen, nire bihotza ahotik ateraraziz. Nire pultsazioak jaisteko gai izan nintzenean, nire atzean zeuden faroen argiak ikusi nituen: garabi txiki batenak, sabaian argi laranjekin. Autoko leihatila jaitsi nuen:

—Gau madarikatua, hemen atzituta geratzeko, andrea. Eskerrak dei egin didaten ea zure egoerari erantzun

niezaiokeen, oso hurbil bizi naizelako, nahiz eta nire atseden eguna izan.

Eskerrak eman beharrean, azkenean garabiaren itxaronaldia ordubetekoa baino gutxiagokoa izan zelako, nire buruan galdera bat baino ez zegoen: "Andrea? Deitu al dit andrea ergel honek? Ekaitzarekin ez nau ongi ikusi ziur, edo ohituraz egingo du. Tira, niri, "andrea" deitu..."

—Tira, andrea. Axola ez bazaizu, autotik jaitsi beharko duzu. Uste dut ezin izango dudala gaur autoa dagoen lekutik atera. Hemen garabiari eta kotxeari buelta emateko maniobrak egitea ezinezkoa da lokatzean. Onena zu herrira eramatea da, eta bihar, ekaitza igaro eta eguna argitzen denean, zure autoa berreskuratzen saiatuko gara.

—Eta uholde batek eramaten badu?

Gizonak sorbaldak goratu zituen erantzun aurretik:

—Baliteke. Eta hemen geratzen bazara, gauza bera gertatuko zaizu zuri. Ziur nago ezin dudala zure autoa orain erreskatatu. Zuk erabaki, edo orain nirekin etorri edo hemen geratu zure autoarekin.

—Eta lapurtzen badidate?

—Andrea, zein lapur aterako da bere etxetik gau honetan?

Konturatu nintzen gizona haserretzen hasia zela ni leku seguru batera eramateko zain zegoen bitartean. Beste aitzakiarik jarri gabe, autotik irtetea erabaki nuen, ezezagun batekin auto batean ez ibiltzeko esan zidaten aldi guztietan gogoratuz.

Eta gizon hura, nik *app*-an *like* eman nion bat bazen. Kasualitatez tailer batean lan egiten zuen. Nire bila etortzeko garabi txiki bat eskuratu zuen, inor gure konexioaz jabetu

gabe, berak ez bazuen *match* egin. Garabiaren atzealdean ni bortxatu ondoren, ito egiten ninduen eta nire gorputza laurdenkatzen zuen ekaitz pean. Bere baserrira heltzerakoan nire zatiak txakurren janaria izango ziren, filmetan zein eleberrietan, orain modan zegoen psikopatek hildako emakumeen gorpuak beren animaliei jaten ematea.

—Barkatu, oso urduri egon naiz inor nire bila etorriko ez zelakoan pentsatzen. Erakutsiko al zenidake aseguruaren agindua?

—Ezin dut. Mobila bateriarik gabe geratu da. Dena dela, zuk mezu bat jaso behar izan duzu bidean nengoela esanez.

Mobilari begiratu nion, aipatutako mezu hura aurkitu nahirik, baina aparatuak ez zuen estaldurarik une hartan; ez nekien noiztik nengoen deskonektaturik beste gizakiengandik. Agian horregatik ez nuen nire kontaktuen erantzun gehiago jaso *app*-an. Itxaron nezakeen ea haietakoren batek erantzuten zidan, baina, jakina, estaldurarik gabe zaila izango zen.

"Baina zer ari naiz esaten? Urtero-urtero zintzo-zintzo ordaintzen dudan aseguruak bizkortasunez jokatu du eta norbait nire bila etortzea lortu du, eta ni, geldi-geldi, ez naiz nire ibilgailuaren babeslekutik irteteko gai".

Azkenean, neuronaren batek beste batekin lotura arrazionala egitea lortu zuen nire burmuinean, eta eskuineko eskuari poltsa hartzeko agindu zion, ezkerrekoak gidariaren atea irekitzen zuen bitartean. Eta lehenengo nire ezkerreko zangoak eta gero eskuinekoak, zentimetro pare bat lokatzetan hondoraturik, nire ipurdia eserlekutik altxatzea eta nire salbatzailearen furgonetara abiatzea lortu

zuten. Nire atzean hasperen bat entzun nuen, ez bakarrik lasaigarria, baita etsipenezkoa ere, ekaitz hartan zoro bati aurre egin behar izateagatik.

Bidaian zehar isilik geratzea erabaki nuen. Berak ere eskertu behar zuen isiltasuna, elkarrizketa asmatu beharrik ez izatea, bi ezezagunen artean zabaltzen zen isiltasuna betetzeko premia, adimenak jasan ezin zuena, eta, beraz, baten batek beti esaten zuen txorakeriaren bat edo eguraldiaz hitz egiten hasten zen... Eta hori gau hartan hobe ez aipatzea.

Bakiora heldu ginenean, herriaren hasiera iragartzen zuen karteletik pasatzean, nire surfistarekin egon behar nuen tokian, bere aurpegia deskubritzeko zorian, garabiko gidariak berriro hitz egin zuen:

—Nire mobila kargatuta izanez gero, aseguruari jakinaraziko diot salbu zaudela, baina zure autoak istripua gertatu den lekuan jarraitzen duela, bere bilketa antola dezaten bihar. Nik, berriz, herrian zaudenean, ostatu batera edo ezagunen baten etxera eraman zaitzaket, baina besterik ez. Edo taxi-geltoki batera hurbildu, ez dagoelako autobusik ordu hauetan.

—Ez duzu ahaztuko abisua ematea, ezta? —Galdetu nion.

—Euskaldunaren hitz ez da ur gaineko bitsa —Erantzun zidan, orain bai bere haserrea ezkutatu gabe.

Herria zertxobait ezagutzen nuen, eta beti ongi kokatua nintzen; beraz, bi kale harantzago uzteko esan nion, portutik hurbil, herri hartako taberna-gune jendetsura iristeko bezain badaezpada...

Buru-keinu batez agurtu genuen elkar furgonetatik jaitsi nintzenean, eta espaloia zapaltzen nuen aldi berean, aurreko laurogeita hamar minutuetan baino seguruago sentitu nintzen.

Gau hartan etxera itzultzea ezinezkoa izango zela kontuan hartuta, oporretarako erabiltzen nuen ostatuak bilatzeko aplikazioa ireki nuen, eta gau hartarako aukera eskuragarriren bat bilatu nuen. Harrigarria zen —edo ez hainbeste, urtarrilean geundelako—, beti okupatua bezala agertzen zen landa-hotel txiki batek gela libreak zeuzkan.

Berehala erreserbatu nuen bat, eta konfirmazioa jaso bezain laster, kokagune hartarantz abiatu nintzen, *Google Maps app*-ak gidatuta. Kilometro bateko baino gutxiagoko bidaia zen. Herriko atarietan barrena ibili nintzen, euri jasa saihesten saiatuz.

Hoteleko argazkiak ederrak ziren, eta hara hurbiltzen ari nintzela, jabea ere etxean zegoela imajinatu nuen. Izan ere, guztiz bustita heltzen nintzela ikusita, suitearen giltzak eman zizkidan, nik erreserbatutako logelarenak eman ordez. Suitean jarrita zeukan dutxa buru koloredun eta aromaterapiadun baten azpian dutxa bat hartzen nuen bitartean, zopa bero bat egin zidan. Gau hartan bezero bakarra nintzen, eta gizonak, informatikari ederrak, pandemiaren ondoren lana utzi zuenak hotelaren kudeaketaz arduratzeko, nire arratsaldeko abenturak entzun zituen, nik zopa jaten nuen bitartean. Dutxaren eta zoparen ondoren, albornoz lehor bat jantzita, bizitzaz hizketan hasi ginen, eta...

Grrrr, Grrrr...

Txakur busti eta hazteritsua ezerezetik irten zen, eta amorruz ohartarazi zidan arkakuso txarrak zituela. lngurura begiratu nuen, animalia hark jabea izan zezan eta erreskatera etor zedin desiratuz, baina arimarik ez zen ageri han. Nire izerdia eta beldurra txakurrak usaindu baino lehen, harro-harro begiratu nion, zakur batek nire arreta merezi ez zuela erakutsi nahian, eta bi urrats eman nituen haren aldera, nik neraman berbera, animalia ni eta nire patuaren artean jarri zen arte.

Gizajoak nik baino beldur handiagoa zeukan, eta borroka hasi gabe, lasterka irten zen gau ilunerantz. Buztana hanken artean ziur, zerbait esaten zenean egia zelako izango zela, baina nik ez nuen ikusi, ez nekien iluntasunagatik edo begiak une batez itxi nituelako otoitz txiki bat xuxurlatzen nuen bitartean.

Une horretan, eskuan nuen mobila argitzen nabaritu nuen, eta ez zen *Google Maps app*-a: mezu berri bat nuen ligatzeko aplikazioan. Une batez zalantzan egon nintzen zer egin, jada ez bainuen laguntzarik behar, baina ni baino indartsuagoa zen zerbaitek *app* irekiarazi zidan, nire buruari *online* mundu hartan zer galdu zitzaidan esaten nion bitartean.

"Sentitzen dut, orain irakurtzen dut zure mezua. Bakarrik zaude oraindik?" "Ez. Aseguruak garabi bat bidali dit."

"Uf, eskerrak. Oso gaizki sentitu naiz mezua ia bi ordu

ingurukoa zela ikusi dudanean. Izan ere, familia-krisi txiki bat izan dut zurekin harremanetan jarri bezain laster".

"Familiakoa? Ezkonduta zaude? Orain zure emaztea oheratu da eta ligatzeko prest zaude?"

Hurrengo mezuak minutu batzuk behar izan zituen iristeko, eta leku berean harrapatu ninduen, mobilari indarrez helduz eta neure buruari galdetuz zergatik esan nituen esaldi horiek, ez buru eta ez buztan zituenak.

"Pozten naiz laguntzarik behar ez duzulako. Chao".

Eta mezu horrekin argi geratu zen, segur aski, mutil jator bat ezagutzeko aukera galdu egin nuela. Baliteke gurasoek deitu izana garajea urez betetzen ari zitzaielako, edo ez zuten katutxoa aurkitzen eta kezkatuta zeuden, edo... Azkenean, hotelera iritsi, dutxa bero hori hartu eta lo egiten saiatuko nintzen. Eta hurrengo egunean, lehenik eta behin, terapeuta bat bilatuko nuen interneten, zergatik ezin nituen harreman normalak izan aztertzeko. Berehalako arrisku-egoeran egonik, liburuxka arrosako istorio erromantikoak asmatzetik, lagundu nahi izan ninduten bi gizonekin erotuta bezala jokatzera pasatu nintzen.

Herriaren kanpoaldean landa-hotel bihurtutako baserrira heltzerakoan, hirurogeita hamar urteko ugazaba nire zain zegoen. Atea ireki bezain laster konturatu nintzen

inkordio bat nintzela andre harentzat. Emakumea ez zegoen batere pozik: ekaitza zela eta, arratsalde hartako azken baliogabetzearen ondoren, inolako bezerorik ez zuela pentsatuta, afari bat antolatu zuen lagun batzuekin bere etxean. Gainera, ekaitzak baserria inguratzen zuten zuhaitzetako baten adarra hautsi zuen eta leiho bat apurtu zuen. Euriak gela hartako altzariak eta zorua busti zituen, emakumeak, bere semearen laguntzaz, leihoa egur batzuekin estaltzea lortu zuen arte.

Ugazabak afalduko ote nuen galdetu zidan, bezero bakarra nintzela esateko aprobetxatuz. Hasperen arindu bat egin zuen ea *sandwich* edo bokata bat presta zezakeen eskatu nionean, dutxatik irten ondoren nire logelan jateko.

Eta hantxe geratu nintzen, bakarrik, kokaleku idiliko hartan, gogoratzen nuen ekaitzik lazgarrienean, toalla batean bildurik, nire arropa, gelan zehar barreiaturik, lehortzen saiatzen zen bitartean, tortilla soileko ogitarteko bat janez eta garagardo bat edanez. Bi edo hiru garagardo ez eskatzeagatik damutu nintzen, gela hartan edateko neukan gauza bakarra bainugelako txorrotako ura zela ohartu nintzenean.

lnork ez zekiela non nengoen gogoratu nuen eta, Leireren aholkuei jarraituz, mezu bat bidali nien nire lagun taldeari eta senideei ekaitzak errepidean harrapatu ninduela esanez, primeran nengoela baina Bakion lo egiteko geratzen nintzela, eta ia bateriarik gabe nengoela. Ez nintzen konturatu landetxeko jabeari kargagailu bat eskatzeaz.

Mobila argitu egin zen nire mezuen lehen erantzunarekin, eta berehala beltz geratu zen. Eskerrak nire jendeari abisatu nion non nengoen; izan ere, inozoa izan nintzen, eta ez nuen nire mobilaren kokapena desgaitu ligatzeko *app*-an, aseguruko gizonak erreskatatu ondoren. Horrela, nirekin harremanetan jarri ziren hiruretako edozeinek nire urratsei jarraitu, eta non nengoen jakin zezakeen.

Gaztelugatxeko Donieneko berrehun eta berrogeita bat eskailerak igo eta jaitsi ondoren, akituta nengoen. Nire azalaren poro bakoitzean nabaritzen nuen nekea baina ez nintzen loak hartzeko gauza. Ekaitzak leihoak astintzen jarraitzen zuen eta hango iluntasuna zeharkaezina zen. Bat-batean, auto bat entzun nuen eta nire zorigaiztoko destinorako prestatu nintzen. Etxekoandreak esan zidan biharamun goizera arte ez zela itzuliko, eta, beraz, gaueko bisitaria nire bizitza suntsituko zuen gizona baino ezin zitekeen izan.

Ostatuko jabea taberna batera joan zen lagunekin garagardo batzuk hartzera, etxean afaldu aurretik, eta han komentatu zuen emakume bat joan zela azken orduan bere hoteltxoan ostatu hartzera eta une horretan bakarrik zegoela etxe hartan. Hiltzaileak entzun zuen, eta pentsatu zuen *app*-aren bidez laguntza eskatu zuen emakumea izan behar zuela. Gizonak bere burua ziurtatu zuen, nire mobilaren azken kokapena hotela zela egiaztatuz.

Giltza entzun nuen sarrailan, emeki-emeki jiratzen, eta pauso batzuk beheko solairuan inor ez esnatzen saiatzen.

Eskailerak igo arte itxaron nuen nire gelan sartzeko, baina ez zen ezer gertatu. Bainugela bateko ur tanga entzun nuen behean, eta gero ezer ez. Hain erraza izango zen azken solairuko terrazaraino ni arrastaka eramatea, non jabeak esan baitzidan bihar gosaria prestatuko zidala itsaslabarraren ikuspegiaz goza nezan eta handik itsasoko harrien kontra botatzea.

Azkenean, beharbada, etxekoandreak etxera itzultzea erabaki zuen. Laguntza profesionala behar nuela ukaezina zen. Hain ahul sentitzen nintzenez, bainugelaraino altxatzea erabaki nuen, han utzi bainuen braga dutxako barratik zintzilik, eta bost minutuz lehorgailuarekin hura lehortzen egon nintzen, hura jantzi ahal izateko eta nitaz jabetu zen zaurgarritasun-sentsazioa saihesteko. Leku bakarti hartan beste giza presentzia batekin indarberriturik, ordu pare batez lo egitea lortu nuen.

Begiak arretaz ireki nituen, norbait sentitu nuen nire ondoan arnasa hartzen. Gaua oraindik itxia zen eta gela ilunpean zegoen. Baina seguru nengoen hats leun bat entzun nuela, eta atea —itxita utzi nuela ziur bainengoen— zabalik zegoen zati batean, soslaiko gorputz bat igarotzeko modukoa.

Sudurreko azkura txiki batek dominantiku egitera behartu ninduen, eta presentziak zaunka batez erantzun zidan, bere hankatxoen hotsa entzuten nuen bitartean nire babeslekutik irteten. Ez nekien nondik atera zen txakur hori; agian jabeak nik ikusi ez nuen bat izango zuen.

Egunsentiak lozorroan harrapatu ninduen, eta egunaren hasierako argitan etxe inguruko paisaia ikusi nuen, belarra oraindik distiratsu, eguzkiak harien artean harrapaturik geratzen ziren tantetan sortzen zituen distirekin. Goseak amorratzen nengoen, eta damu nintzen herritik urrun zegoen hotel hura aukeratu nuelako, leku idiliko eta garesti hartan gela bat libre egotearen plazer tentelak gidatua. Herriko ostatu batean lo egin izan banu, orain kafe bat eta tortilla bat har nitzakeen portuko tabernaren batean.

Hurrengo ordu erdia nire bularretakoa eta galtzerdiak lehortzen eman nuen, bainugelako lehorgailuarekin. Gainerako arropak, Gaztelugatxeko Donienerako txango-rako kirol-jantzi transpiragarri bat aukeratu nuelako, berez lehortu ziren. Beheko solairuan mugimenduak entzun nituen eta gelatik irtetera ausartu nintzen, gosaria eta nire mobilerako kargagailu bat lortzeko asmoz.

Zaratak ateratzen ziren gelara hurbildu eta sukalde txiki bat aurkitu nuen, non gizon bat zerbait prestatzen ari zen zartagin batean. Etxekoandrea gelan ez aurkitzeaz harriturik, isilik geratu nintzen ate erdi irekiaren ertzean, handik igaro edo korrika irten erabaki nahian. Oraindik nire gelan zegoen poltsarengatik ez balitz, uste nuen azkena aukeratuko nuela. Bulkada ia suizida batean, telesail bateko protagonistak behar ez zen lekura sartzen zenean egiten zuen bezala, atea arinki bultzatu eta sartu ahala agurtu nuen gizona.

Saltxitxak hegan atera ziren zartaginetik, eta lurreratu egin ziren, gizona madarikatzen ari zen bitartean, olioak besoan jauzi egin ziolako. Niri begiratu ere egin gabe,

harraskara joan zen eta ur hotzari utzi zion hondatutako gorputz-adarrean behera joaten.

—Nor zara? —Non dago estatuaren jabea? Zer egin diozu? Hil egin duzu? Gizonaren begiak ekiloreak eguzkitan bezala zabaldu ziren nire ergelkeriaren aurrean.

—Ene, atzoko istripuaren zoroa zara.

Jakin gabe *trending topic* bihurtu nintzen gau hartan herriko tabernan. Garabiko gizonak zer gertatu zen komentatu zuenean, herriko beste batek kontatu zion berak mezu bat jaso zuela ligatzeko *app*-an laguntza eske, eta erantzuterakoan, osasun mentaleko arazo larri bat nuela ondorioztatu zuela. Goizaldean, kanpotarraren paranoia-maila handituz joan zen gertatutakoaren *retweet* bakoitzean: Gorlizko eroetxetik ihes egin nuelako bertsioa zegoen, ospitaleko langile baten autoa lapurtuz ihes egiteko eta Ertzaintza nire bila ari zen, hilabete batzuk lehenago parke bateko haurtxo bat bahitzen saiatu nintzen emakume kikildu bat nintzelako.

Gizonak bere mobila atera zuen poltsikotik eta 112 zenbakia markatzen zuen bitartean, sukaldeko labana hartu zuen eta mehatxu egin zidan. Garrasi bat besterik ez nuen esan gizona harraskatik jiratu zenean sukaldeko labana eskuan zuela. Nire bateriarik gabeko mobilari eusten jarraitzen nuen, hogei ordu lehenago Gaztelugatxeko Donieneko ibilalditik egoera hartan egoteko zer gertatu zitzaidan galdezka.

Gizona solaskideari azaltzen saiatu zen Gorlizetik ihes egin zuen eroa aurkitu zuela. Kosta egin zitzaion beste aldean esaten ziotena ulertzea: alegia, eroetxeko paziente

batek ihes egin zuela esateko inolako abisurik ez zutela. Bera solaskidea konbentzitzen saiatu zen baietz, aurrean zeukala.

"—Zer ari zara, Jon?" —Emakume baten ahotsa entzun nuen nire atzean.

Minutu batzuk geroago, Jonek barkamena eskatzen jarraitzen zuen, bere amak gosaria prestatzen zuen bitartean, eta nik nire mezuak berrikusten nituen nire *online* bizitzara itzultzea lortu zuen entxufearen ondoan. *Whastapp*-eko ehun mezu baino gehiago nituen, nire aseguru-etxearen pare bat mezu arrunt, garabiaren etorreraren berri ematen zidana eta beste bat ordu batzuk geroago nire partearen intzidentzia partzialki itxitzat ematen zuena.

Munduarekin lotzen ninduen zilbor-heste elektriko horri lotuta egoteari utzi gabe, erantzun nien nire lagunen mezuei: banuela bateria eta, ahal nuenean, Bilbora hurbilduko ninduen hurrengo autobusean itzuliko nintzela.

Azkenean onartu egin nuen Jonek bere kotxean Bizkaibuseko geltokira hurbiltzeko egin zidan eskaintza, nire etxeko segurtasunera eramango ninduena. Azaldu zidanez, herrian garagardo batzuk hartzetik itzultzean, non Jata mendian galdutako eroaren istorioa entzun baitzuen, konturatu zen bere pisuan ez zegoela argirik, eta baimena eskatu zion bere amari hotelera lotara hurbiltzeko eta hozkailuan zeukan janaria ostatuko instalazioetara ekartzeko, hondatu ez zedin. Hark damu zuen ni izutu izana sukaldean ikustean, amaren zain nengoenean. Alde batera utzi nuen gauez iristen entzun nuela eta "O.K." bakar bat xuxurlatu nuen.

Autobusean salbu egonda, nire mobilean ligatzeko aplikazioa desinstalatu nuen, psikologo batekin hitzordua hartu nuen, hoteleko egonaldia baloratzeko eskatzen zidan mezua ezabatu nuen, eta neure buruari agindu nion ez nukeela *online* harremanik izango berriz ezezagunekin.

Bi aste geroago psikologoaren kontsultako itxarongelan nengoen zain. Nire abenturaz geroztik etxetik irtetea saihestua nuen, halako agorafobia eta beldur bat sentitzen nuen beste sexuko kideekiko izan nezakeen portaera aldrebesaz. Izan ere, egun horietan etxean eman nituen ordu luzeetan konturatu nintzen arazo handia nuela gizonekin, ez nuen haiengan konfiantzarik izaten, agian azken hilabeteetako hainbeste hitzorduk huts egin ondoren.

Nire lagunak nire istripuaz kezkatu ziren lehen egunetan, baina berehala haien bizitzako umeekin larrialdi txikiek haien oroitzapenen bazter ilun batera lurperatu zuten nire istripua. Berriro bakarra izan nintzen nire *hobby*-az gozatzen jarraitzeko gai zena, gauez irteteko eragozpenik ez zuena... Baina ezin nuen hori egin, borondaterik gabe sentitzen nintzen eta internet bidez nire nahastearen kausak bilatzeak, gizon batekin berriro harremanik ez izateko beldurra elikatu besterik ez zuen egin.

Leire ni animatzen saiatzen ari zen laneko atsedenaldietan, arratsalde hartan abandonatutako leku batean bakarrik nengoela jakin zuenean, nire paranoiaz jabetu zen zekien bakarra baitzen.

—Ziur nago bizi izandako estresaren ondorio dela

—Bera ni kontsolatzen saiatzen ari zen, beste egun batean lanaren ostean garagardo bat hartzeari uko egin nionean.

Eskertzen nituen haren hitzak, eta "agian" eta "nahiago nuke" xuxurlatzen nituen, konbentzimendu handirik gabe.

—Psikologoarengana joanda lasaiago egongo bazara, ez da tabua haiengana joatea, eta laguntzen badizu...

Ez zen tabua, baina ez nuen nahi bulego osoak jakitea, eta haserre begirada bota nion, laneko lasaigunean esaldi hura ozenki esan zuelako. Besteek ezer entzun ez balute bezala disimulatzen zuten, baina ziur nengoen batek baino gehiagok jakin zuela, eta ziur nengoen orain bere lekuan eseri eta ondoko lagunarekin txutxu-mutxuka hasteko irrikitan zegoela, ni psikologora joango nintzela, ez bainintzen gizon batekin harremanik izateko gauza. Eta hurrengoak beste bati esango zion nire trauma nerabe baten trauma jasateagatik zela, eta trauma hori bortxaketa bat izango zen, edo, agian, tratu txarrak nire etxean, eta hurrengo egunean bulego osoak errukiz eta penaz begiratuko zidan, lankide zuten eroagatik. Eta hori ez zen nire paranoia, bulego bateko bizitza erreala baizik.

Emakume bat aukeratu nuen terapeuta gisa. Azken asteetako gizonekin izan nituen paranoiak kontuan hartuta, hobe izango zela pentsatu nuen. Berrogeita hamar minutuko saioan etengabe hitz egin nuen larunbat hartako gertakariaz. Gizonak ezagutzeko aplikazioan alta ematera zerk eraman ninduen galdetzeko eten zidan psikologoak. Eta galdera horrekin ireki zuen Pandoraren kutxa: nire la-

gunen amatasunak gure adiskidetasuna hondatu zuen; nire amak etengabe galdetzen zidan bikotekiderik ba ote nuen eta familia bat osatzeko asmorik ote nuen; txikitan amesten nuen ezkontza-eguna eta, batez ere, ama bihurtzeari eta nire independentzia galtzeari nion ezezko borobila.

Saio batzuen ondoren, banan-banan azaldu nituen nire lagun guztiek beren bizitzako gauza desberdinei uko egin beharreko ukoak ama izateagatik: kontziliatzeko lanaldi murrizketak, ama izateko betebeharra betetzea eragotziko zien lanposturik ez onartzea, ume txikiak zaintzeko lan-eszedentziak eta abar. Haien bikotekideek beren bizitza profesionalarekin jarraitzen zuten, ezer gertatuko ez balitz bezala, mailaz igotzen eta baldintza hobeak lortzen, eta nire lagunak atzean geratzen ziren beren asmo profesionaletan.

Argi utzi nion nire terapeutari horretaz guztiaz nire lagunei abisatu niela, beren seme-alabengatik pasatzen uzten zuten guztia ikusaraziz. Baina oso gutxitan ulertzen zuten nire ikuspuntua, eta beti esaten zuten: "Ez duzu ulertzen ama ez zarelako". Nire lagunik onenari erantzun nion ezer ulertzen ez zuena bera zela, lehen norbait zela eta orain norbaiten ama besterik ez... Egun hartatik gure arteko harremana ez zen berdina izan, ez baitzitzaion gustatu egia entzutea.

Egun batean psikologoak esan zidan neu nintzela egoera berrietara egokitzen jakin ez zuena eta neurekoia izan nintzela, saiatzen nintzelako gazteen erantzukizunik gabeko bizimoduari eusten. Halaber, galdetu zidan ea nire

lagunen egungo bizimoduari buruz uste nuenak ez ote zuen zerikusirik izango inbidiarekin.

Ez nion erantzun. Nire poltsa hartu eta alde egin nuen, azken saioa ordaindu gabe.

Nire atzetik ateratzeko asmorik ez izatea espero nuen, ni horrela iraindu ondoren.

Zazpi eta erdiak ziren, eta hantxe bertan zegoen Mercadonara sartzea erabaki nuen. Supermerkatuan ligatzeko Espainako modari jarraituz, anana bat jarri nuen ahoz behera erosketa-organ, eta ardoen sailera hurbildu nintzen. Gizon bat ikusi nuen han, anana bat posizio berean zuena, eta nire orgatxoa hurbildu nuen, niretzat marmarrean: "Egizu *match*".

www.bizkaia.eus/argitalpenak